1.

Hackmack mit der dicken Tüte

Finn schaut auf den leeren Platz neben sich und ist ein bisschen aufgeregt. Es ist das erste Mal, dass er ganz alleine mit dem Zug fährt. Er hat Mama und Papa schon tausendmal erklärt, dass er das kann. Aber Mama hat immer gesagt: Erst, wenn er zehn ist. Und bis dahin sind es eigentlich noch drei Wochen und zwei Tage. Aber das hier war ein absoluter Notfall: Papa musste ganz schnell ganz viele Bärlauch-Tofu-Buletten machen. Für ein Wellness-Hotel, wo die Gäste ganz viel Geld dafür bezahlen, dass sie nur so gesunde Sachen zu essen kriegen. Und weil das so ein wichtiger Auftrag war, hatte Papa keine Zeit, den ganzen Weg mit nach Berlin zu fahren wie sonst.

Papa hat Mama angerufen und sie haben gleich wieder rumgestritten und Papa hat ins Telefon geschrien: »Warum soll ich ihn immer bringen? Du könntest ihn ja auch mal abholen!« Und dann war es schon fast zu spät und sie mussten ganz schnell zum Bahnhof in Neustrelitz rasen.

Der Regionalexpress mit den Doppelstockwagen stand schon da. Papa ist kurz mit eingestiegen. Oben war noch fast alles frei und Finn hat sich gleich in die erste Vierergruppe gesetzt. Papa hat ihn umarmt und Keine-Angst-das-klappt-schon-alles gesagt. Dann ist er ganz schnell wieder ausgestiegen. Gerade noch rechtzeitig, bevor die Türen zugegangen sind und der Zug losgefahren ist.

Finn hatte auch gar keine Angst. Ihm war höchstens ein bisschen mulmig im Bauch, weil alles so schnell gehen musste und er gar nicht richtig Tschüss sagen konnte. Draußen auf dem Bahnsteig ist Papa dann noch ein Stück neben dem anfahrenden Zug hergelaufen und hat gewinkt, bis Finn ihn nicht mehr sehen konnte.

Die Bremsen quietschen. Der Zug hält in Fürstenberg. Die Lautsprecherstimme sagt: »Sehr geehrte Fahrgäste, bitte achten Sie beim Ausstieg auf den Höhenunterschied zwischen Zug und Bahnsteigkante.«

Ein paar Leute steigen aus, ein paar ein. Durchs Fenster sieht Finn einen Mann mit einer Bierdose in der Hand. Er hat es besonders eilig und drängelt sich in den Wagen, bevor die anderen ausgestiegen sind. Die Uhr auf dem Bahnsteig zeigt zehn Minuten nach sieben. Hinter dem Bahnhof leuchtet der Turm der Burg in der Abendsonne. Finn weiß, dass es eigentlich gar keine Burg ist, sondern ein altes Kraftfuttermischwerk. In der DDR wurde da massenweise Futter für Tiere gemacht. Das hat Papa ihm alles erklärt. Auch, dass die DDR eine Hälfte von Deutschland war, bevor beide Hälften wieder zusammenkamen. Das hieß Wiedervereinigung und ist schon ziemlich lange her. Da war Finn noch gar nicht auf der Welt.

Der Mann mit der Bierdose kommt die Treppe hochgepoltert. An seinem Handgelenk schlackert raschelnd eine große graue Plastiktüte. Finn denkt, dass der Mann vielleicht einer von diesen Müllsammlern ist, die manchmal durch die Züge gehen. Aber statt Müll zu sammeln, lässt der Mann seine Tüte auf den Sitz gegenüber von Finn fallen und setzt sich selbst daneben. »Na, Kleener, allet schick?«

Er zieht den Reißverschluss seiner Trainingsjacke auf und prostet Finn über den Tisch zu:

»Hoch die Tassen.«

Finn kann seinen Bier-Atem riechen und schaut schnell wieder aus dem Fenster. Er hasst es, wenn Leute ihn ›Kleener‹ nennen. Erstens ist er gar nicht klein, sondern der Drittgrößte in der Klasse und zweitens soll er ja auch nicht einfach ›Hey, Alter‹ zu einem Erwachsenen sagen. Obwohl: So richtig erwachsen sieht der Mann gar nicht aus. Er hängt breitbeinig auf dem Sitz und trägt ein verwaschenes T-Shirt mit dem Aufdruck *Hackmack*. Soll das ein Name sein?

Verstohlen schaut Finn den Mann weiter an. Er hat so eine

komische Frisur, wo die Haare oben lang und an den Seiten ganz kurz sind. Und in den Ohren dicke schwarze Ringe.

Der Mann bemerkt Finns Blick und grinst ihn an. »Fährste hier ganz alleene?«

Finn nickt knapp und versucht, nicht dauernd auf die Ohrläppchen zu starren. Die Löcher in den Ringen sind so groß, dass man durchgucken kann. Die Haut drum herum spannt wie ein Flitzegummi. Das tut bestimmt total weh.

Aber Hackmack scheint sich pudelwohl zu fühlen. Er nimmt einen großen Schluck aus der Dose, bläst die Backen auf und rülpst laut.

»Maulfurz«, sagt er und verzieht das Gesicht. »Sorry, aber der musste raus.« Er lacht und das Lachen klingt selbst wie ein langer Rülpser.

Finn zieht vorsichtshalber seinen Rucksack näher an sich heran. Mama und Papa haben es immer wieder gesagt. Bestimmt hunderttausend Mal: Wenn ihm jemand komisch vorkommt oder so, soll er anrufen. Finn hat nur genervt genickt: Jaha, das weiß er doch seit hunderttausend Jahren. Immer machen sich die Erwachsenen Sorgen, dass irgendwas passieren könnte.

Aber jetzt guckt er zur Sicherheit doch noch mal in seinem Rucksack nach. Alles da. Sein Handy, das Portemonnaie mit der Fahrkarte und die Box mit Papas Spezialstullen. Finn holt das Handy heraus und schaut auf das Display mit dem neuen Hintergrundbild: ein Foto von Teps. Er hat es gemacht, als Teps gegähnt hat, und mit ihren spitzen Zähnen sieht sie ein bisschen aus wie ein Säbelzahntiger.

Teps ... Das ist noch so eine Geschichte: Mama hat sie vor einem Jahr aus dem Tierheim geholt, nachdem Papa ausgezogen ist. Eltern können echt komisch sein: Jahrelang darf man kein Haustier haben. Und dann trennen sie sich und – schwups! – kriegt man eine Katze. Oder sie haben einen dringenden Job, und – schwups! – darf man alleine Zug fahren ...

Finn legt das Handy zurück in den Rucksack und zieht den Reißverschluss mit dem Krokodilanhänger zu. Eine Weile guckt er auf die Zickzackfäden der Oberleitungen draußen. Dann hört er ein metallisches Knacken. Auf der anderen Seite des Tisches drückt Hackmack an der Bierdose herum. Er reckt die Arme und gähnt.

»Ganz schön öde hier, was?«

Finn nickt wieder nur stumm. Hackmack lässt nicht locker.

»Willste 'ne Runde zocken?«

Er zieht ein Kartenspiel aus seiner Jacke und lässt die Karten knatternd durch die Luft fliegen. Von einer Hand in die andere.

»Gut, was?«, sagt er und grinst Finn an. »Pass uff, ick zeig dir mal 'n Trick.« Hackmack senkt verschwörerisch die Stimme und beugt sich über den Tisch, sodass Finn wieder seinen Bier-Atem riechen kann: »Ick kann nämlich zaubern.«

Hackmack hält ein paar Karten hoch und fächert sie auf. »Siehste die vier Karten hier? Karo-, Herz-, Pik- und Kreuz-Bube.«

Finn nickt achselzuckend.

»Die sind 'ne Bande. Und zusammen drehen die jetzt 'n richtig großes Ding.«

Hackmack schiebt die vier Buben zusammen und legt sie verdeckt auf den restlichen Kartenstapel.

»Mit dem Heli landen die heimlich oben auf dem KaDeWe ... dit Luxuskaufhaus ... kennste, oder? Der Erste geht ins Erdgeschoss und räumt die Schmuckabteilung aus ... Brillis, Uhren, Gold ...«

Hackmack nimmt die oberste Karte ab und steckt sie unten wieder in den Stapel.

»Der Zweite geht in die Herrenabteilung und klaut 'n schweineteuren Ledermantel ...«

Er nimmt die nächste Karte von oben, steckt sie in den Stapel und macht dann das Gleiche noch mal mit der dritten.

»Der Dritte fährt in die vierte Etage und holt sich 'n riesigen Flachbildfernseher und der Letzte, der geht in' sechsten Stock ... Schlemmerabteilung ... und trinkt da 'ne Flasche Schampus ...«

Hackmack nimmt die vierte Karte ab und schiebt sie in

den Stapel. »Aber, dann plötzlich …!« Hackmack hebt den Kartenstapel hoch und reißt die Augen auf. »Wiuhwiuhwiuh! geht die Alarmanlage los. Die Bullen rücken an. Lalülala! Nix wie weg hier!«

Er klopft hektisch mit zwei Fingern auf den Stapel, als müsse er die darin versteckten Buben warnen.

»Und eins, zwei, drei, vier, Scharnier! – treffen sich alle Jungs wieder oben auf dem Dach und fliegen mit dem Heli auf und davon.«

Mit großer Geste hebt Hackmack die obersten vier Karten des Stapels ab und hält sie Finn triumphierend hin: Karo-, Herz-, Pik- und Kreuz-Bube.

»Da staunste, was?«

Finn nickt. Dabei staunt er gar nicht. Den Trick kennt er nämlich. Den hat Carlo ihm auch schon mal gezeigt. Nur mit Karstadt statt KaDeWe. Carlo ist Finns bester Freund. Sie kannten sich schon, da waren sie noch gar nicht auf der Welt, sondern noch in den Bäuchen von ihren Mamas. Die haben nämlich zusammen so einen Kurs gemacht, wo man alles übt für die Geburt. Und Mama sagt, dass Finn und Carlo immer gleichzeitig gezappelt haben, als hätten sie sich abgesprochen. Und bestimmt war es auch so, obwohl Finn sich nicht daran erinnern kann. Aber an den Kartentrick kann er sich erinnern. Der ist nämlich ganz einfach: Am Anfang muss man nur vier andere Karten so hinter den Buben verstecken, dass der andere sie beim Hochhalten nicht sehen kann. Wenn man die Karten dann oben auf den Stapel legt und nacheinander reinsteckt, bleiben die Buben die ganze Zeit oben liegen, weil man ja erst die dahinter versteckten Karten nimmt. Leider ist Carlo eine davon runtergefallen und Finn wusste dann gleich, wie es geht.

Finn schaut wieder aus dem Fenster. Draußen steht die Sonne ganz tief. Und der Mond ist auch schon da. Weiß und rund wie eine Pizza ohne Belag hängt er am Himmel. Davor drehen sich langsam Windräder und blinken ab und zu rot. Das ist, damit die Flugzeugpiloten sie sehen können und nicht versehentlich in sie reinfliegen. Die Windräder erzeugen Strom. Und Papa sagt, das ist gut für die Umwelt. Finn mag die Windräder. Er stellt sich vor, dass sie Roboter sind mit rot blinkenden Augen. Und sie winken immer mit den Armen, weil ihnen so langweilig ist vom Rumstehen.

Ihm gegenüber trinkt Hackmack den letzten Schluck von seinem Bier, drückt die Dose zusammen und lässt sie unter den Sitz fallen.

Der Zug wird langsamer. Auf der Leuchtanzeige am Ende des Waggons steht der nächste Halt: Gransee. Hackmack nimmt die Karten vom Tisch und steht auf.

»Pass uff, Kleener, jetzt zeig ick dir noch 'n Trick. Zum Abschied. Der ist richtig jut! Den haste noch nicht jesehen, dit versprech ick dir ...«

Er macht eine ausladende Bewegung. Und dabei fallen ihm die Karten aus der Hand. Sie flattern durch die Luft und landen kreuz und quer zwischen den Sitzen. Hackmack flucht.

»Scheiße, das gibts doch nich …«

Er bückt sich und sammelt die Karten eilig auf. Dabei kann man voll seine ›Arschitektur‹ sehen. Das sagt Mama immer, wenn Finns Hose auf halbmast hängt und die Poritze rausguckt. Früher fand Finn das lustig und hat seine Hose manchmal absichtlich hängen lassen, damit Mama es sagt. Jetzt findet er es peinlich. Und Hackmacks Ritze will er auch nicht sehen. Er guckt schnell weg. Dabei fällt sein Blick auf die Kreuz-Zehn, die unter dem Tisch gelandet ist. Er beugt sich runter und muss den Arm ganz lang ausstrecken, damit er sie erreicht. Als er wieder unter dem Tisch hervorkriecht, reißt Hackmack ihm schnell die Karte aus der Hand.

»Danke, Kleener. Nett von dir.« Er stopft die Karten hastig in seine Jacke, schnappt die Plastiktüte und wirft sie sich wie einen Sack über den Rücken. »Nu aber hinne. Pass uff: Jetzt verdünnisiere ick mir! Abrakadabra …«

Hackmack gestikuliert mit seiner Hand durch die Luft, als würde er einen Zauberstab schwingen. Dazu geht er rückwärts durch den Gang und rudert immer doller mit der Hand. Es sieht aber überhaupt nicht wie Verdünnisieren aus. Eher wie ein einarmiger Schwimmer, der durch Wackelpudding paddelt. Auf jeden Fall ziemlich bescheuert.

Der Zug ruckelt und hält an. Finn hört das Zischen der sich öffnenden Türen. Hackmack hat die Treppe erreicht. Er winkt noch mal, dreht sich um und poltert dann eilig die Stufen runter.

Durchs Fenster sieht Finn, wie Hackmack aussteigt und mit seiner dicken Tüte auf dem Rücken zügig über den Bahnsteig geht. Der Zug fährt wieder an und Hackmack verschwindet aus Finns Blick.

Finn ist froh, dass er weg ist.

2.

Ein Schaffner schafft Probleme

»Die Fahrscheine, bitte!«

Kaum hat der Zug den Bahnhof verlassen, kommt der Schaffner die Treppe hoch. Er trägt eine blaue Uniform und eine rote Krawatte. Finn will nach seinem Rucksack greifen – aber der ist plötzlich weg. Liegt nicht mehr neben ihm auf dem Sitz. Häh? – Gerade war er doch noch da?! Finn guckt unter den Tisch. Verwirrt steht er auf, schaut sich um, geht in die Knie, kriecht unter den Sitz und sucht den Boden ab. Nichts. Nur die verbeulte Bierdose liegt da.

Von oben kommt die Stimme des Schaffners:

»Na, junger Mann? Willst du dich verstecken?«

»Nein.«

Finn steht schnell auf. Der Schaffner hat seine Brille ganz nach vorn auf die Nasenspitze geschoben. Er mustert Finn streng über die Gläser hinweg. »Wo ist denn deine Mama oder dein Papa?«

»Ich ... ich fahr alleine«, stottert Finn.

»Na, dann zeig mir mal deine Fahrkarte.«

Finn wird es ganz heiß: Was jetzt? Er schaut den Schaffner an und schluckt:

»Ich … sie ist in meinem Rucksack …«

»Dann holst du sie mal besser raus.« Der Schaffner guckt ihn jetzt an wie Frau Henschke-Pohl, wenn er beim Diktat wieder »das-mit-einem-s« statt »dass-mit-zwei-s« geschrieben hat.

»Das geht nicht«, sagt Finn und es ist ihm völlig egal, ob das mit einem »s« oder zwei »s« geschrieben wird. »Er ist weg … also, mein Rucksack ist weg … gerade war er noch da. Hier auf dem Sitz.«

Der Schaffner legt die Stirn in Falten.

»Soso«, sagt er, »dein Rucksack ist weg. Wo willst du denn hin? Und wie alt bist du überhaupt?«

Finn fängt an zu schwitzen. Jetzt wäre er doch froh, wenn Papa neben ihm sitzen würde. Der würde dem Schaffner alles erklären und der würde dann auch nicht so doofe Fragen stellen.

»Zehn«, antwortet Finn. »Also in drei Wochen und zwei Tagen. Und ich fahre nach Berlin. Zu meiner Mutter.«

»Und deine Mutter, weiß die das denn? Dass du zu ihr fährst?«

Was für eine blöde Frage, denkt Finn und nickt. Klar weiß Mama das. Sie holt ihn ja am Bahnhof ab.

Die anderen Reisenden im Wagen schauen nun alle zu ihm und dem Schaffner rüber, der mit seiner behaarten Hand den wenig behaarten Kopf kratzt.

»Deine Mutter, hat die denn auch einen Namen?«

Finn nickt. »Svenja.«

»Und weiter?«, fragt der Schaffner.

»Utschig.«

Der Schaffner zieht die Augenbrauen hoch: »Utschig?«

Finn nickt wieder. Fehlt nur, dass der Schaffner jetzt nachfragt: »Utschig wie flutschig?« – Das sagen nämlich alle, wenn sie den Namen zum ersten Mal hören. Aber der Schaffner zum Glück nicht.

Stattdessen sagt er: »Aha. Svenja Utschig. Vielleicht können wir die Svenja Utschig dann ja mal anrufen und fragen, ob sie weiß, dass ihr Sohnemann hier ganz allein unterwegs ist?«

In dem Moment fällt Finn ein, dass er Mama gar nicht anrufen kann. Sein Handy ist ja auch im Rucksack! Er spürt, wie ihm Tränen in die Augen schießen: Es war ganz neu und er hat es sich selbst verdient! Jede Woche einen Euro von Frau Buchborn aus dem vierten Stock. Dafür, dass er immer die Zeitung hochbringt und den Müll runter.

Müll. Finn durchzuckt ein Gedanke: Na klar, Müll … Mülltüte … deswegen war die auf einmal so dick! Dieser Hackmack wars! So was Fieses! Er hat die Karten mit Absicht fallen lassen. Und als Finn sich unter den Tisch gebeugt hat, hat er den Rucksack ganz schnell in seine Tüte gepackt!

»Der Mann mit der Tüte wars!«, sagt Finn aufgeregt.

Der Schaffner stößt schnaubend Luft aus: »Der Mann mit der Tüte, soso.« Er schaut sich um. »Ich seh hier aber keinen Mann mit einer Tüte.«

»Ja«, sagt Finn, »er ist ja auch schon ausgestiegen, in Gransee!«

Finn zeigt beschwörend auf den Sitz gegenüber: »Er saß da. Er hatte Löcher in den Ohren und auf seinem T-Shirt stand ›Hackmack‹. – Wir müssen die Polizei rufen! Dann können die ihn vielleicht noch schnappen!«

Der Schaffner schüttelt den Kopf. »Nee, nee. Erst mal rufen wir schön bei dir zu Hause an.« Er zieht sein Diensthandy aus der Tasche. »Ich hoffe, du weißt wenigstens die Nummer?«

Finn nickt: »Null – drei – null ... vier – neun – eins ...« In der Aufregung fangen die Zahlen in seinem Kopf an zu tanzen. »Äh, nein, vier – eins – neun ...« Er stockt.

Genervt lässt der Schaffner das Handy sinken. »Ja, wie denn jetzt?«

Finn versteht das nicht. Normalerweise kann er ihre Nummer nur so runterrasseln, aber jetzt ist sie auf einmal wie gelöscht. Und Mamas Handynummer weiß er erst recht nicht.

Eine Frau mit kurzen grauen Haaren zwei Reihen weiter

vorne hat das Gespräch verfolgt und schaltet sich ein: »Nun lassen Sie den Jungen doch. Sie bringen ihn ja ganz durcheinander. Ich zahl die Fahrkarte. Was kostet die denn?«

Finn schöpft Hoffnung. Er hatte die Frau bisher gar nicht bemerkt. Sie zieht einen Zehn-Euro-Schein aus ihrem Portemonnaie und hält ihn dem Schaffner hin. Aber der blafft sie nur an. »Kennen Sie den Jungen?«

»Nein.«

»Was mischen Sie sich dann ein?«

»Ich will einfach nur helfen!«, sagt die Frau.

»Wollen Sie etwa die Verantwortung übernehmen?«

»Null – drei – null!«, platzt es aus Finn heraus. Ihm ist die Nummer wieder eingefallen und er sagt sie ganz schnell, damit er sie nicht wieder vergisst: »Null – drei – null – vier – neun – eins – eins – neun – vier – neun.«

Der Schaffner tippt mit seinem dicken Zeigefinger und schaut dabei über seine Brille auf das Handy in seiner Hand: »Null – drei – null ...«

Finn nickt und wiederholt: »Vier – neun – eins – eins – neun – vier – neun.«

Der Schaffner drückt die Wahltaste und hält das Handy ans Ohr.

»Hallo?« Der Schaffner hält sich das andere Ohr zu, um besser hören zu können, und ruft wieder laut ins Telefon: »Hallo? ... Wer ist da? ... Herr Larifari?«

Finn fällt ein Stein vom Herzen. Das muss Mukhtar sein! Mukhtar ist Mamas neuer Freund und wohnt öfters bei ihnen. Er heißt aber nicht Larifari mit Nachnamen sondern Elfadil.

Der Schaffner redet weiter und wird dabei immer lauter: »Also Herr Larifari, ich habe hier einen Jungen namens ...« Er schaut Finn fragend an.

»Finn«, sagt Finn.

»... einen Jungen Namens Finn und ich möchte mit der Mutter sprechen ...« Der Schaffner lauscht einen Moment und legt die Stirn in noch tiefere Falten. »Wie, nicht da? ... Was für ein Kurs?«

Finn fällt ein: Klar, um diese Zeit ist Mama immer beim Yoga! Das hatte er ganz vergessen. Und von da geht sie dann direkt zum Bahnhof, um ihn abzuholen!

Die Miene des Schaffners wird immer mürrischer, je länger er lauscht. »Sie sind also nicht der Vater? ... Dann sind Sie auch nicht sorgeberechtigt.«

Aus dem Telefon hört man jetzt Mukhtars Stimme, die auch lauter wird. Aber der Schaffner unterbricht ihn:

»Jetzt hören Sie mal zu, Herr Larifari-oder-wie-auch-immer-Sie-heißen: Sie sind nicht der Vater und haben auch kein Sorgerecht. ... Das ist eben so. Zumindest bei uns hier in Deutschland. Punkt.«

Mukhtars Stimme ist jetzt richtig laut. So laut, dass Finn

die Wörter »Paragrafenreiter« und »Amtsschimmel« verstehen kann. Mukhtar drückt sich immer sehr gewählt aus, auch wenn er sich aufregt. Und der Schaffner läuft jetzt ganz rot an im Gesicht und bellt ins Telefon: »Ich lass mich hier doch nicht beleidigen! Sie können sich gerne beschweren. – Aber nicht bei mir!« Der Schaffner nimmt das Telefon vom Ohr und rammt seinen dicken Zeigefinger auf die Auflegen-Taste, als wolle er sie durchbohren. »So ein unverschämter Kerl!«

Kopfschüttelnd tippt er eine neue Nummer ein. »Ich ruf jetzt die Polizei. Sollen die sich doch kümmern.«

Sehr gut, denkt Finn. Das hatte er ja gleich vorgeschlagen. Hoffentlich ist es noch nicht zu spät, um den Rucksackdieb zu schnappen!

Der Schaffner schaut auf seine Uhr: »Die können dich dann gleich in Oranienburg abholen.«

Finn versteht nicht: Oranienburg? »Aber ich muss doch nach Berlin! Meine Mama wartet da auf mich!« Ihm wird ganz mulmig. Und auch die Frau mit den grauen Haaren wird jetzt richtig fuchsig: »Was soll denn das? Sie können den Jungen doch nicht einfach aus dem Zug werfen! Ich hab doch gesagt, ich zahl die Fahrkarte!«

Aber der Schaffner schaltet auf stur. »Dass der Junge keinen Fahrschein hat, ist ein Problem. Das andere – viel größere – Problem ist, dass ich hier die Fürsorgepflicht hab.

Und wenn dem Jungen was passiert, dann hab ich wirklich ein RIESENPROBLEM.«

»Was soll denn passieren?«, fragt die Frau. »Sie schaffen hier doch Probleme, wo gar keine sind!«

Aber der Schaffner hört ihr gar nicht mehr zu und spricht in sein Handy: »Ja, Pautzke. Zugbegleiter, Regionalexpress 4363. Ich hab hier einen Jungen, circa 10 Jahre alt, ohne gültigen Fahrschein und ohne erwachsene Begleitperson auf dem Weg nach Berlin …«

Er lauscht einen Moment und wendet sich dann an Finn: »Wie war noch mal der Nachname?«

»Utschig«, wiederholt Finn matt. »Finn Utschig.«

Der Schaffner schaut ihn fragend an: »Utschig, wie flutschig?«

War ja klar, dass das doch noch kommen musste. Finn nickt resigniert.

»Ja, Utschig, wie flutschig«, wiederholt der Schaffner und sieht jetzt irgendwie sehr erleichtert aus. »Juti. Ich bring euch den Jungen dann raus. Wär gut, wenn die Kollegen da schon am Bahnsteig stehen, damit wir pünktlich weiterkommen.«

»Nächste Station: Oranienburg. Ausstieg in Fahrtrichtung rechts«.

Draußen ziehen Häuser vorbei. Fabrikhallen. Eine Tankstelle. Finn kann es immer noch gar nicht fassen. Der Schaffner steht mit ihm an der Tür und hält ihn an der Jacke fest, als sei er ein Verbrecher. Aber der eigentliche Verbrecher ist doch dieser Hackmack!

Plötzlich fällt Finn etwas ein.

»Ich hab noch was vergessen!« Er reißt sich von dem Schaffner los, läuft noch einmal die Treppe hoch in den Wagen und beugt sich unter den Sitz: Die Bierdose! Sie ist noch da! Da sind Hackmacks Fingerabdrücke drauf! Damit kann die Polizei ihn bestimmt finden!

Der Schaffner, der Finn schnaufend hinterhergelaufen ist, beäugt kopfschüttelnd, wie Finn die Dose mit einem Taschentuch aufhebt und in seine Jackentasche steckt.

»Jetze aber!«

Er packt Finn wieder an der Schulter und bugsiert ihn zurück zum Ausgang.

3.

Bei der Polizei klatscht es

In Oranienburg warten zwei Polizisten auf dem Bahnsteig. Eine Frau und ein Mann. Der Schaffner führt Finn mit schnellen Schritten zu ihnen und sagt: »Das ist der Junge.«

Die Polizistin ist groß, alles an ihr ist lang, sogar ihr Gesicht. Ihr Kollege dagegen ist eher rundlich und nicht viel größer als Finn. Er sieht fast original so aus wie der Kommissar aus dem Fernsehen. Der, von dem Mukhtar immer sagt, dass er so ein miserabler Schauspieler ist. Mukhtar ist nämlich auch Schauspieler. Und er hat auch schon mal in einem Tatort mitgespielt. Einen Flüchtling aus Afrika, der abgeschoben werden soll. Zum Glück klappt das nicht, weil der Kommissar das verhindert. Mukhtar würde auch gerne mal einen Kommissar spielen, aber meistens ist er entweder Flüchtling oder einer von den Bösen.

Nachdem der Schaffner Finn an die Polizisten übergeben hat und wieder in den Zug gestiegen ist, schaut die Lange lächelnd auf Finn runter: »Biste abjehaun, wa?«

Finn schüttelt den Kopf, erklärt noch mal alles und zeigt den Polizisten die zusammengequetschte Bierdose mit den Fingerabdrücken drauf. Und er sagt auch, dass Mama ihn am Hauptbahnhof in Berlin erwartet und er dort unbedingt ganz schnell hinmuss.

Aber die Polizisten interessiert das alles nicht. Der Runde wirft nur einen kurzen Blick auf die Bierdose und schnauft genervt.

»Na, da ham die von der Bahn uns ja wieder ein Ei jelegt«, sagt er und dafür, dass er so dick ist, klingt seine Stimme überraschend piepsig. Ein bisschen wie ein Vogel, denkt Finn und überlegt, was für ein Ei der Runde wohl meint.

»Klären wa allet ab«, sagt die Lange und nickt Finn beruhigend zu. »Aber erstma fahn wa auf die Wache.«

Die Polizisten eskortieren Finn durch das Bahnhofsgebäude zu dem Polizeiauto, das direkt vor dem Eingang geparkt ist.

Die Lange öffnet die hintere Tür und Finn setzt sich auf die Rückbank. Der Runde quetscht sich hinter das Steuer. Dann fahren sie los.

Finn schaut durch das Seitenfenster auf die in der Dämmerung vorbeiziehenden Häuser. Er war noch nie in Oranienburg. Und es ist auch das erste Mal, dass er in einem Polizeiauto fährt. Schade nur, dass die Polizisten das Blaulicht und die Sirene nicht anmachen.

Vorne packt die Lange eine mit Wurst belegte Stulle aus. Sie dreht sich zu Finn um.

»Haste Hunger oder Durst? Magste Buttermilch?«

Sie hält ihm einen Plastikbecher hin. Finn schüttelt schnell den Kopf. Er hasst Buttermilch. Das eine Mal, wo er sie bei Papa probiert hat, hat er sich die Nase zugehalten und es hat trotzdem immer noch scheußlich geschmeckt.

Die Polizistin öffnet den Becher und trinkt. Der Runde fährt. Aus dem Lautsprecher knistert der Polizeifunk. »Die Einundfünfzig-Eins für Einstein. Könnt ihr uns mal 'ne Sieben Halterabfrage machen?«, sagt eine Stimme. Und eine andere antwortet: »Einstein für Einundfünfzig-Eins. Sag an.«

Finn überlegt, was da wohl gerade passiert ist: Vielleicht ein Mord oder ein Banküberfall!? Aber die Polizisten beachten die Funksprüche gar nicht. Die Lange kaut ihre Stulle, während der Runde sich weiter beklagt.

»Dit is normalerweise allet unnormal, rein statistisch, sag ich mal«, piepst er.

»Es gibt einfach so 'ne Phasen ...«, sagt die Lange mit vollem Mund.

»Ja, aber dit is mehr als 'ne Phase. Wecker kaputt, Schnürsenkel jerissen und dann noch dit Klo vastopft – so läuftet in einer Tour!«

Die Lange schluckt und nickt. »Schlimmer gehts immer.«

Finn rutscht unruhig auf dem Sitz hin und her. Bestimmt ist Mamas Yogakurs schon fertig und sie wartet jetzt am Bahnhof auf ihn. In seiner Vorstellung sieht er sie ganz allein auf dem Bahnsteig stehen. Und dann kommt der Zug an – aber er ist nicht drin! Mama wird sich wahnsinnige Sorgen machen!

Doch dann fällt Finn ein, dass Mama sicher ihr Handy dabeihat und Mukhtar sie bestimmt sofort angerufen hat. Dann weiß Mama wenigstens, dass etwas passiert ist. Und dann wird sie Papa anrufen. Und dann? Dann wird Mama sagen, dass sie ja eh dagegen war, dass Finn alleine mit dem Zug fährt, und die beiden werden wieder streiten. Und das ist wirklich voll bescheuert, weil Finn sehr wohl alleine Zug fahren kann! Alles die Schuld von diesem gemeinen Hackmack. Finn wird jetzt richtig wütend: So ein mieses Schwein! Dabei ist ›Schwein‹ eigentlich ein viel zu netter Ausdruck, denn Finn mag Schweine. Eigentlich müsste er sagen: So eine miese Mücke! Denn Mücken kann er überhaupt nicht leiden. Aber das klingt auch wieder viel zu nett für einen Dieb.

Das Polizeiauto fährt auf eine Kreuzung zu. Die Ampel vor ihnen springt auf Gelb. Der Runde tritt aufs Gaspedal und piepst: »Schaffen wa.«

Der Motor heult auf und der Wagen beschleunigt.

»Nee, dit wird nüscht ...«, sagt die Polizistin auf dem Beifahrersitz und schüttelt tadelnd den Kopf.

Kurz bevor sie die Kreuzung erreichen, springt die Ampel auf Rot. Der Runde stampft mit dem Fuß auf die Bremse. Finn stemmt die Hände gegen den Vordersitz, um nicht nach vorne geschleudert zu werden. Die Lange balanciert ihre Buttermilch durch die Luft und ruft: »Ohoooaaaah!«

Das Polizeiauto kommt knapp vor der Ampel zum Stehen. Die Polizistin wirft einen vorwurfsvollen Blick zu ihrem Kollegen. »Fast hätt ick alles verschütt-«

Bevor sie den Satz beenden kann, quietscht es laut hinter ihnen und tut einen mächtigen –

RUMMMS!

Finn schreit vor Schreck auf ...

... und das Polizeiauto macht einen Hüpfer, wie ein Frosch, der ins Wasser platscht. Dann ist alles ganz still.

Die Polizisten sitzen einfach nur da. Die Lange hält immer noch den Becher in der Hand. Aber der ist jetzt leer. Und das Platschen kam auch nicht von einem Frosch, sondern von der Buttermilch. Die läuft jetzt nämlich ganz langsam über das noch länger aussehende Gesicht der Langen und tropft auf die Uniform. Wie ein Schneemann, der schmilzt, denkt Finn.

Schließlich erwachen die Polizisten aus ihrer Erstarrung.

»Kannawoniwasein!!«, piepst der Runde und schaut in den Rückspiegel.

Die Polizistin holt tief Luft, fingert ein Taschentuch aus

der Jacke und tupft sich damit das Gesicht ab. Erst danach dreht sie sich um. Finn folgt ihrem Blick durchs Heckfenster: Hinter ihnen steht ein Transporter. Die Motorhaube ist verbeult und darunter strömt weißer Dampf hervor. Durch die Schwaden sind im Führerhaus zwei Gesichter mit weit aufgerissenen Augen zu erkennen.

»Na, prima«, sagt die Lange säuerlich und stellt den leeren Becher weg.

Der Runde stößt schnaubend die Fahrertür auf.

»Pass uff«, sagt er. »Nu klatscht et. Aber nich Beifall!«

Er wälzt sich ächzend aus dem Wagen. Die Polizistin wendet sich kurz zu Finn: »Alles okay?«

Finn zuckt nur mit den Schultern. Was soll er auch sagen? Nichts ist okay! Im Gegenteil: Alles wird nur immer verrückter! Er braucht jetzt dringend frische Luft. Langsam kurbelt er das Seitenfenster runter.

Die Polizistin ist ebenfalls ausgestiegen und wischt draußen mit dem Taschentuch an ihrer Uniform herum. Der Runde steht neben dem Transporter. Die beiden Gesichter darin schauen immer noch ganz starr. Finn erkennt jetzt, dass das eine einem Mann gehört, das andere einem Mädchen mit wuscheligen Haaren. Als seine und ihre Blicke sich treffen, zieht sie eine Grimasse und streckt die Zunge heraus. Finn schaut schnell weg. Aber dann schaut er doch wieder hin, weil er wissen will, was weiter passiert.

Mit einer kurbelnden Handbewegung gibt der Polizist dem Mann am Steuer zu verstehen, dass er die Scheibe runterlassen soll.

Die Lange tritt jetzt neben den Runden und beide reden mit dem Fahrer. Finn versteht Worte wie »Sicherheitsabstand«, »Schuldeingeständnis« und »Fahruntauglichkeit«. Dann hört er ein leises Klacken. Es kommt von der Beifahrertür des Transporters, die sich nun langsam öffnet. Das Mädchen steigt aus und schlendert nach vorne zu dem Polizeiauto, ohne dass die Erwachsenen sie beachten. Als sie auf Finns Höhe stehen bleibt, dreht Finn schnell den Kopf weg und tut so, als hätte er sie nicht gesehen. Das Mädchen lässt sich davon nicht beirren. Sie schiebt die Hände in die Hosentaschen und mustert Finn interessiert durch das offene Seitenfenster.

»Kaugummi?«

Sie zieht ein Päckchen aus der Tasche und schiebt sich zwei Kaugummis auf einmal in den Mund.

»Nee, danke.« Finn schüttelt den Kopf. Er weiß nicht, was er von dem Mädchen halten soll: Erst streckt sie ihm die Zunge raus und jetzt tut sie auf einmal ganz nett. Verstohlen mustert er sie in ihrem verfilzten Strickpulli. Sie macht eine Kaugummiblase und lässt sie platzen.

»Bist du 'n Krimineller?«

»Nee.«

»Warum sitzt du dann im Polizeiauto?«

Finn winkt ab. »Verstehst du eh nicht.«

»Wohl«, sagt das Mädchen. »Sie haben dich beim Klauen erwischt.«

Finn schüttelt wieder den Kopf: »Nee. Ohne Fahrkarte. Ich war im Zug.«

»Aha.« Das Mädchen nickt wissend und lässt die nächste Blase platzen. »Also Schwarzfahrer.«

Finn rollt innerlich die Augen. Das Mädchen kapiert wirklich gar nix.

»Nee«, sagt er wieder.

»Was denn dann?«, fragt sie.

Finn erklärt es ihr:

»Einer hat mir meinen Rucksack geklaut. Im Zug. Da war auch meine Fahrkarte drin. Und mein Geld. Und mein neues Handy.«

Das Mädchen hört einen Moment auf zu kauen. »Krass.«

Finn nickt. »Ich soll mit auf die Wache. Aber eigentlich wartet meine Mutter am Hauptbahnhof auf mich. In Berlin.«

»Ich weiß, wo der Hauptbahnhof ist«, sagt das Mädchen.

Sie fängt wieder an zu kauen und wippt dazu auf den Fußspitzen. »Tja«, sagt sie dann achselzuckend. »Wenn sie dich erst mal haben, lassen die dich so schnell nicht wieder raus.«

Finn schaut das Mädchen skeptisch an.

»Woher willst du das denn wissen?«

»Is so. Das sagen alle, die schon mal Ärger mit den Bullen hatten. Der große Bruder von Timo aus meiner Klasse zum Beispiel. Den haben sie zwei Tage inne Gummizelle gesteckt. Deswegen ...«

Statt den Satz zu vollenden, lässt das Mädchen die nächste Kaugummiblase platzen.

»Deswegen was ...?«, fragt Finn.

»Deswegen würd ich mir das ganz genau überlegen. Also, ob ich mit denen auf die Wache geh ...«

Finn schaut verunsichert zu den Polizisten und dann wieder zu dem Mädchen. Die Vorstellung, in eine Gummizelle gesperrt zu werden, gefällt ihm gar nicht.

»Was würdest du denn machen?«, fragt er das Mädchen.

»Hmmm«, sagt sie und wippt wieder auf den Zehenspitzen. »Verduften.«

»Du meinst: abhauen?«

Das Mädchen nickt. »Ich würd auch mitkommen.«

»Aber ...«, sagt Finn zögernd und überlegt, ob das Mädchen vielleicht ein bisschen verrückt ist. Doch sie scheint es wirklich ernst zu meinen.

»Besser als Gummizelle«, sagt sie grinsend. »Außerdem isses ja nicht mehr weit. Und ich muss auch dringend mal wieder in die Tzitti.«

Sie sagt tatsächlich »Tzitti« statt City und macht dabei ein Gesicht, als wär das der coolste Plan der Welt.

Finn zögert. »Aber wenn die das merken, dann ...«

»Dann: Gummizelle. Also mach lieber schnell, solang die da noch rumquatschen.«

Finn schaut wieder zu den Polizisten, die dem Fahrer gerade ein Formular zum Unterschreiben hinhalten. In seinem Kopf wirbeln die Gedanken. Er muss so schnell wie möglich nach Hause. Und eigentlich müssten ihm die Polizisten dabei helfen. Aber der Schaffner hat ihm auch nicht geholfen. Im Gegenteil: Bisher haben die Erwachsenen den Schlamassel nur immer größer gemacht. Und auf keinen Fall will Finn in eine Gummizelle! Das würden auch Mama und Papa verstehen.

Finn wendet den Blick zu dem Mädchen zurück und deutet auf den Transporter:

»Und was ist mit deinem Vater?«

Das Mädchen spuckt verächtlich den Kaugummi aus.

»Das ist nicht mein Vater. – Kommst du jetzt oder nicht?«

Und dann geht alles ganz schnell. Finn öffnet leise die Tür, fädelt sich aus dem Polizeiauto und schleicht geduckt hinter dem Mädchen her, das sich schlendernd entfernt. Sie haben bereits mehrere Meter zwischen sich und die Unfallstelle gebracht, als plötzlich die Stimme des Runden hinter ihnen schrillt:

»Heh, ihr zwei? Wo wollt ihr hin?«

Wie auf Kommando nehmen Finn und das Mädchen die Beine unter den Arm und spurten los. Finn rennt, was das Zeug hält. Das Mädchen ist richtig schnell. Ihre Schuhe klatschen auf den Asphalt, ihre Haare fliegen.

»Stehen bleiben!«, ertönt nun auch die Stimme der Polizistin.

Das Mädchen sprintet weiter voran. Sie laufen an einer Häuserzeile entlang. Finns Lungen pfeifen. Das Mädchen schlägt einen Haken und biegt in eine Einfahrt. Finn folgt ihr in einen dunklen Hinterhof. Er ist von einer Mauer umschlossen. Zu hoch, um darüberzuklettern. Finn schaut das Mädchen außer Atem an: Na, toll! Was jetzt?!

Hinter ihnen hören sie die schnellen Schritte der Polizisten.

Das Mädchen deutet auf einen großen Müllcontainer und schiebt den Deckel auf:

»Da rein!«

Finn verzieht das Gesicht: »In den Müll?!«

»Hast du 'ne bessere Idee?!«

Das Mädchen klettert in den Container. Finn folgt ihr notgedrungen. Schnell schließt sie den Deckel über ihnen.

»Puh«, sagt Finn und hält sich die Nase zu.

»Pssst!«, zischt das Mädchen und schaut durch den schmalen Spalt unter dem Deckel.

Finn sieht, wie die Polizisten in den Hof kommen.

»Wenn se hier sind, ham wa se«, piepst der Runde ganz außer Atem. Er und die Lange gehen überall herum und suchen alles ab.

Bitte, bitte, denkt Finn, nicht in den Müll schauen! Just in dem Moment deutet die Lange auf den Container.

»Vielleicht da drin?«

Die Polizisten kommen auf den Container zu. Finn und das Mädchen werfen sich einen bangen Blick zu: Was jetzt?!

Sie haben nur eine Wahl: Sie müssen tauchen. In den Müll. Zwischen Plastiktüten, alte Kaffeefilter, vergammelte Salatblätter, einen vertrockneten Farbeimer, leere Zahnpastatuben, matschige Tomaten, zerbrochene Eierschalen, ein Paar ausgelatschte Turnschuhe ... Mitten rein. So tief sie können. Finn, der schnell noch einen aufgeplatzten Müllbeutel über sich zu ziehen versucht, spürt, wie seine Hand in etwas Weiches greift. Da schwingt schon der Deckel über ihnen auf und das Gesicht des Runden schiebt sich in die Öffnung.

Finn hält die Luft an, rührt sich nicht.

»Boah, stinkt dit!«, piepst der Runde und knallt den Deckel schnell wieder zu. »Nee, da is nüscht.«

»Schöne Scheiße«, sagt die Lange und ihre Stimme entfernt sich. »Wenn wir die nicht finden, jibbtet Stress. Aber richtig.«

»Ich habs ja jesacht, die ham uns ein Ei jelegt!«, tönt die

immer leiser werdende Stimme des Runden. »Dit is keine Phase! Völlig unnormal is dit!«

Finn und das Mädchen warten noch ein paar Minuten. Erst als gar nichts mehr zu hören ist und sie ganz sicher sind, dass die Polizisten weg sind, tauchen sie aus dem Müll auf und klettern wieder aus dem Container. Das Mädchen zieht eine dunkelbraune Bananenschale aus ihren Wuschelhaaren. Finn erkennt nun auch, was das Weiche war, in das er gegriffen hat. Bäh! An seinem Arm baumelt eine alte Babywindel, deren Klettverschluss sich an seiner Jacke verhakt hat. Hektisch versucht Finn sie abzuschütteln, aber die Windel hält fest. Das Mädchen macht sie ab und wirft sie lachend zurück in den Container:

»Elastico Fantastico! Die sind wir los.«

Womit sie natürlich die Polizisten meint. Sie wischt ihre Hand an der Hose ab und streckt sie Finn hin.

»Ich heiße übrigens Jola.«

Finn nimmt Jolas Hand und schüttelt sie.

»Und ich Finn.«

4.

Der gefräßige Münzfernsprecher

»Also genau genommen heiß ich Jolanta«, sagt Jola. »Aber das klingt immer so nach Tante.«

Finn und Jola laufen nebeneinander durch Oranienburg, das eigentlich nur aus langen Straßen und Häuserreihen zu bestehen scheint, die alle gleich aussehen. Während sie sich zu orientieren versuchen, erzählen sie sich alles, was wichtig ist. Zum Beispiel, dass Jola schon vor einem halben Jahr zehn geworden ist. Obwohl sie fast einen Kopf kleiner ist als Finn.

Jola will natürlich genau wissen, wie alles passiert ist, und Finn berichtet zum dritten Mal von Hackmack, dem Trick mit den Karten und von dem geklauten Rucksack.

Jola staunt: »Das ist ja genau wie in dem Buch ... mit Emil und diesem gemeinen Herrn Grundeis!«

Stimmt! ›Emil und die Detektive‹. Das Buch kennt Finn auch. Papa hat es ihm vorgelesen, als er noch klein war und die Windpocken hatte. Finn fand die Geschichte gut. Vor allem, dass die Kinder viel schlauer waren als die Erwachsenen. Manches im Buch war auch ein bisschen altertümlich und Finn wollte dem Autor deswegen eine E-Mail schreiben. Aber Papa hat ihm erklärt, dass der Autor schon lange tot ist und sich die Geschichte vor ungefähr hundert Jahren ausgedacht hat. Und da gab es noch gar keine E-Mails und auch keine Handys.

Und es gab auch nicht so doofe Schaffner, denkt Finn jetzt, die einen einfach aus dem Zug schmeißen. Statt einem zu helfen, wenn man schon beklaut wurde ...

Finn schaut Jola an und spürt, wie ihm wieder ein bisschen mulmig wird. So ganz sicher ist er sich immer noch nicht, ob es eine gute Idee war, einfach abzuhauen.

»Emil musste aber nicht den ganzen Weg nach Berlin alleine finden ...«, sagt er.

»Ach«, sagt Jola. »Das ist babyeinfach. Wir gehen immer nur nach Süden. Dann können wir die Tzitti nicht verfehlen.«

Finn nickt. Er weiß, wo Süden ist: da, wo die Sonne in der Mittagszeit steht. Aber jetzt dämmert es schon. Und am Horizont schimmert nur noch ein oranger Streifen.

Finn deutet in die Richtung. »Da ist die Sonne untergegangen. Also ist da Westen ...«, er macht eine Vierteldrehung nach links, »... und da Süden.«

»Ganz genau«, sagt Jola. »Also müssen wir uns jetzt ein bisschen links halten.«

Finn will jetzt aber erst einmal zu Hause anrufen. Er muss unbedingt sagen, dass er auf dem Weg ist, damit Mama und Mukhtar Bescheid wissen und sich keine Sorgen machen. Dummerweise hat Jola ihr Handy im Transporter liegen gelassen. Aber dafür hat sie Geld. Sie fummelt es aus ihrer Hosentasche: ein verknitterter Zehn-Euro-Schein, ein Fünf-Euro-Schein, zwei Fünfzig-Cent-Stücke und drei einzelne Cent.

»Jetzt brauchen wir nur noch ein Münztelefon«, sagt sie, »dann kannst du zu Hause anrufen.«

»Ich hab noch nie mit einem Münztelefon telefoniert«, sagt Finn.

Aber Jola schon. »Es funktioniert wie ein Kaugummiautomat, nur dass kein Kaugummi rauskommt und ein Hörer dranhängt.«

Und während sie weiter durch die Straßen laufen und nach einem Münztelefon Ausschau halten, will Finn von Jola wissen, wie es dazu kam, dass sie und der Mann mit dem Transporter ins Polizeiauto gerumst sind.

Jola erzählt, dass sie eigentlich in Vehlefanz wohnt. Das ist ein kleiner Ort nicht weit von Oranienburg. Aber früher, als Jola noch nicht auf der Welt war, haben ihre Eltern in Polen gewohnt.

»Und Babcia und Dziadek wohnen immer noch da«, sagt Jola und erklärt Finn, dass das Oma und Opa auf

Polnisch heißt. Babcia und Dziadek haben einen Bauernhof in Cedynia. Und der Fahrer des Transporters heißt Wojciech. Er ist Jolas Onkel und kommt auch aus Cedynia. Er arbeitet in Deutschland, weil er als Betongießer hier viel mehr Geld verdient als in Polen. An den Wochenenden fährt Wojciech aber immer nach Hause.

»Leider«, seufzt Jola. »Denn ganz oft muss ich mit.«

»Fährst du denn nicht gerne zu deinen Großeltern?«, fragt Finn.

»Doch schon«, sagt Jola. »Aber nicht so oft. Manchmal ist es da ziemlich langweilig. Und außerdem kann ich Wojciech nicht leiden. Er riecht nach Schweiß und ist total geizig. Mama muss ihm immer 20 Euro Benzingeld geben, wenn er mich mitnimmt. Dabei macht er mit jeder Fahrt sowieso ein Riesengeschäft. Mit dem ganzen Zeug hinten drin.«

»Was denn für Zeug?«, fragt Finn.

»Alte Waschmaschinen, Kühlschränke, Geschirrspüler ... Das verscherbelt er alles weiter nach Russland. Deswegen ist der Transporter auch in das Polizeiauto gerumst.«

»Häh, das versteh ich nicht ...«, sagt Finn.

Jola erklärt es ihm: »Weil der Transporter so schwer beladen war, konnte er nicht mehr so gut bremsen. Und dann muss man ganz besonders vorsichtig fahren und Abstand halten. Aber Wojciech hat die ganze Zeit nur rumgezetert, dass er keinen Kaugummi in seinem Auto haben will.«

Jetzt versteht Finn erst recht nichts mehr.

»Mag er denn keinen Kaugummi?«

»Er flippt aus, wenn er das Wort nur hört«, sagt Jola und imitiert die Stimme ihres Onkels: »›Dör klöbt dönn överoll om Sötz!‹ Er wollte, dass ich die ganze Packung aus dem Fenster werfe!«

»Auch die, die noch ganz frisch waren?«, fragt Finn.

Jola nickt. »Deswegen hat er nicht nach vorne geguckt und zu spät gebremst. Die Waschmaschinen haben geschheppert und – zack! – hatte er den Salat.«

Finn nickt und versteht jetzt, warum Jola lieber in die ›Tzitti‹ will als mit Wojciech nach Cedynia.

»Wenn wir das Münztelefon gefunden haben, können wir auch bei dir zu Hause anrufen«, sagt er. »Dann wissen deine Eltern auch Bescheid.«

»Auf gar keinen Fall!«, sagt Jola.

Finn schaut sie verwundert an, aber Jola schüttelt entschieden den Kopf.

»Dann kommt mein Vater sofort«, sagt sie. »Und ich krieg mindestens einen Monat Hausarrest.«

»Einen Monat?!«

Finn hat auch schon mal Hausarrest gekriegt, als er mit Carlo Messerwerfen geübt hat. Es war kein echtes Messer, sondern so ein Kindermesser. Aber die Zimmertür hatte trotzdem ganz viele kleine Löcher. Mama hat total geschrien. Und an dem Tag musste er zu Hause bleiben, obwohl er eigentlich noch zum Fußball verabredet war. Aber das war nur ein Tag – und nicht ein ganzer Monat!

Jola kickt einen Stein vom Weg.

»Mein Vater ist so streng. Wenn ich einmal den Tisch nicht abräume, darf ich zwei Wochen nicht raus.«

»Wie gemein!«, sagt Finn.

Jola nickt. »Immer kontrolliert er alles und meckert rum. Ich hoffe, ich werd bald achtzehn. Dann mach ich es wie meine große Schwester, zieh sofort aus und arbeite als Leichenwagenfahrer.«

»Deine Schwester arbeitet als Leichenwagenfahrer?«, fragt Finn verwundert.

»Nein, Malwina arbeitet im Altenheim«, sagt Jola. »Aber ich find Leichenwagenfahrer besser. Die schwarzen Autos sind so cool. Und da ist man auch nie arbeitslos, weil ja immer jemand stirbt.«

Finn schaut Jola von der Seite an. Er findet sie auch ziemlich cool – und auch ein bisschen merkwürdig. Ein Mädchen, das Leichenwagenfahrer werden will, das hat er noch nie gehört. Wobei er jetzt nichts lieber hätte als einen Wagen – von ihm aus auch einen Leichenwagen, aber ohne Leiche drin. Vom vielen Laufen tun ihm nämlich die Füße weh. Er hat das Gefühl, sie gehen die ganze Zeit im Kreis. An der Kreuzung hier waren sie doch schon mal.

»Nee«, sagt Jola. »Das war nicht hier. Das war woanders.«

»Vielleicht gibt es ja gar keine Münztelefone mehr«, überlegt Finn. »Heute telefonieren doch eh alle mit dem Handy.«

»Manche auch nicht«, sagt Jola. »Zum Beispiel Spione oder Erpresser, die nicht abgehört werden wollen …«

Sie biegen um die nächste Ecke, und – oh, Wunder – da steht es: Ein Münztelefon! Eine Metallsäule mit einem kleinen Dach drüber, ein Hörer hängt daran und Tasten für die Nummern gibt es auch. Zwar ist alles zerkratzt und vollgekritzelt, aber als Finn den Hörer abnimmt, kommt ein Ton heraus. Jola steckt die zwei Fünfzig-Cent-Stücke in den Schlitz. Klackernd verschwinden sie im Inneren des Apparats. Finn tippt die Nummer und presst die Muschel ans Ohr. Es tutet ein paarmal. Jola schaut Finn gespannt an. Finn nickt. Sein Herz klopft. Es tutet noch ein paarmal, dann macht es Klick – und Finn hört seine eigene Stimme:

»Hallo, das ist der Anschluss von Svenja und Finn. Wir sind gerade nicht da oder zu faul, um ans Telefon zu gehen. Bitte piepsen Sie nach dem Ton.«

Es ist die Ansage, die er selbst auf den Anrufbeantworter gesprochen hat, weil Mama sie so lustig fand. Finn schaut unsicher zu Jola und flüstert: »Nur der Anrufbeantworter.«

Sie nickt und flüstert zurück: »Sprich was drauf! Dass alles gut ist und so …«

Der Anrufbeantworter macht Piep. Finn räuspert sich

und sagt dann in den Hörer: »Hallo, Mama, hier ist Finn. Ich wollte nur sagen, dass ich bald komme. Mein Rucksack ist weg … na ja, er wurde geklaut … und dann hat der Schaffner –«

Plötzlich macht es wieder Klick und Mamas aufgeregte Stimme ist zu hören. Diesmal in echt und ganz außer Atem.

»Finn! Himmel, wo steckst du?!«

Finn will gerade antworten, aber da macht es ein drittes Mal Klick gefolgt von einem schnellen Tuten. Düt-düt-düt …

»Hä?« Finn schaut ratlos auf den Hörer in seiner Hand.

»Das kann doch nicht sein!« Jola rüttelt an dem Schieber für die Münzen, guckt in das Rückgabefach und haut dann wütend mit der Faust gegen die Säule. »Die Scheißkiste hat alles Geld verschluckt! Das war ja nicht mal eine Minute!«

Finn versteht es auch nicht. Aber klar ist, dass sie keine Münzen mehr haben und er nicht weiter telefonieren kann. Und zu allem Überfluss biegt in diesem Moment auch noch direkt vor ihnen ein Polizeiauto um die Ecke.

Hinter der Frontscheibe erkennt Finn ein rundes und ein langes Gesicht. Er hängt schnell den Hörer ein und packt Jola, die gerade gegen die Säule treten will, am Arm.

»Schnell weg hier!«

5.

Immer nach Süden

Zum Glück haben die Polizisten im Auto sie nicht gesehen. Jola hielt es für das Sicherste, wenn sie Oranienburg möglichst schnell hinter sich lassen. Sie sind lange gelaufen und nun liegen nur noch Wald, Wiesen und Felder vor ihnen. Finn stolpert müde hinter Jola her und fragt sich, ob sie es überhaupt alleine nach Berlin schaffen können. Es ist kalt und dunkel geworden. Der Pizza-Mond schaut von weit oben auf sie herab. Und der Feldweg, dem sie folgen, wird immer schmaler und zugewachsener.

Jola hat gesagt, dass man die Himmelsrichtung auch nachts erkennen kann, nämlich am Polarstern, der immer im Norden steht. Finn schaut hoch in den Himmel, wo eine ganze Menge Sterne zu sehen sind.

»Und wenn hier doch nicht Süden ist?«, fragt er unsicher. »Ich meine, vielleicht ist das gar nicht der Polarstern, sondern ein Satellit?«

Aber Jola schüttelt energisch den Kopf. »Das ist kein

Satellit. Das ist der Polarstern. Ich kenn den, der steht immer da. Genau über der hinteren Seite vom Großen Wagen.«

Finn guckt noch mal hoch in den Himmel und stolpert weiter. Er hat Hunger. Jolas Kaugummis sind alle aufgekaut. In seinem Bauch klafft ein Loch, das ist mindestens so groß wie der Polarstern. Er denkt an den Reiseproviant in seinem Rucksack. Papas Spezialstullen mit den Bärlauch-Tofu-Buletten ... Finn seufzt.

»Wenn ich mir vorstelle, dass dieser Hackmack jetzt mein ganzes Essen in sich reinstopft, wird mir echt schlecht.«

Jola nickt. »Das ist nicht bloß Diebstahl, sondern Mundraub, was der gemacht hat«, sagt sie. »Den sollten die Bullen mal jagen und nicht uns!«

»Ja«, sagt Finn. »Die wollten nicht mal die Bierdose mit den Fingerabdrücken haben.«

»Trotzdem«, sagt Jola. »Der kriegt schon noch seine gerechte Strafe. Irgendwann. Auch wenn die Polizei ihn nicht erwischt. Ausgleichende Gerechtigkeit. So wie bei Wojciech ... Zack, bumm, Unfall ... Oder er wird vom Hund gebissen ... Oder er kriegt Krebs!«

»Krebs ist richtig schlimm«, sagt Finn. »Da verliert man seine ganzen Haare.«

Frau Buchborn aus dem vierten Stock hat Krebs und musste deswegen ganz lange ins Krankenhaus. Und als sie wiederkam, hatte sie eine Perücke. Das weiß Finn, denn einmal, als er ihr am Morgen die Zeitung gebracht hat, da saßen ihre Haare ganz schief. Und dann hat Mama ihm alles erklärt, mit der Chemotherapie und so und dass man an Krebs auch sterben kann.

Jola gefällt die Vorstellung, dass Hackmack seine Haare verliert: »Das ist sehr gut. Dann kacken ihm alle Vögel auf die Glatze!«

Finn muss kichern. Und weil das ansteckend ist, taumeln er und Jola bald prustend nebeneinander über den Feldweg, bis Finn sich schließlich erschöpft ins Gras fallen lässt.

»Ich kann nicht mehr«, japst er. »Keinen Schritt weiter. Mir tut der Bauch weh vor Lachen – und vor Hunger!«

Jola, die stehen geblieben ist, kneift die Augen zusammen und schaut in die Ferne.

»Ich glaub, ich hab da was für dich.«

Sie deutet auf etwas am Horizont. Finn richtet sich auf. Zwischen den Feldern ist ein geducktes Gebäude zu erkennen.

»Da gibts bestimmt auch was zu essen!«

Jola rennt los. Finn rappelt sich schnell auf und folgt ihr.

Als sie das Gebäude erreicht haben, macht Finn ein enttäuschtes Gesicht. Es sieht nicht so aus, als würde hier noch irgendjemand wohnen. Die Scheiben sind eingeworfen. Die Tore hängen schief in den Angeln.

»Nicht gerade gemütlich hier«, sagt Finn.

Jola schnuppert. Der scharfe Geruch von Jauche hängt in der Luft.

»War bestimmt mal ein Schweinestall«, sagt sie und schaut sich interessiert um.

Finn rümpft die Nase. »Nicht mal als Schwein würde ich hier wohnen wollen.«

»Ich auch nicht.« Jola stemmt sich gegen eines der Tore und versucht es aufzuschieben. »Aber vielleicht ist ja noch irgendwas drin.«

»Was soll da schon drin sein?«, sagt Finn, der das Tor lieber zulassen würde.

»Ein Vampir oder ein Zombie-Schwein.« Jola grunzt und macht ein Fratzen-Gesicht. »Ich liebe so gruselige Sachen!«

Sie drückt mit aller Kraft gegen das Tor und tatsächlich bewegt es sich ein bisschen.

»Los, hilf mir mal!«, sagt Jola. Finn packt mit an. Sie schieben mit vereinten Kräften. Knarzend und quietschend rollt das Tor an der rostigen Führungsschiene entlang, bis es anschlägt. Die beiden schauen in das dunkle Viereck und Finn stockt der Atem: Vor ihnen steht wirklich ein Ungeheuer. Aus trüben Augen schaut es sie reglos an. Sein aufgerissenes Maul ist pechschwarz. Finn entfährt ein Aufschrei – aber nicht aus Angst, sondern aus Erleichterung. Denn auf den zweiten Blick hat er erkannt, dass es sich bei dem Maul um einen Kühlergrill und bei den Augen um Scheinwerfer handelt. Das Ungeheuer ist ein alter Traktor.

Jola macht vor Begeisterung einen Luftsprung.

»Schappo Klappo!«

Schappo Klappo – Jola und ihre komischen Sprüche. Finn mustert den Traktor kritisch. Das Blech ist verbeult, der rote Lack blättert überall ab und der linke Kotflügel ist völlig durchgerostet.

»Sieht ziemlich alt und kaputt aus ...«, sagt er.

Aber Jola ist in ihrer Begeisterung nicht zu bremsen.

»Das ist ein Belarus. Den kenn ich!«

Sie klettert am Hinterrad hoch auf den Fahrersitz. Mit dem Ärmel wischt sie den Staub vom Armaturenbrett.

»Wir brauchen nur einen Draht oder so was Ähnliches ...«

»Wofür?«, fragt Finn.

»Um ihn anzulassen«, sagt Jola.

»Wie ... ohne Schlüssel?«

Jola nickt und springt wieder vom Sitz runter.

»Macht Dziadek auch immer, wenn er seinen Schlüsselbund wieder mal verbummelt hat.« Sie deutet auf eine Stelle am offenen Motorblock des Traktors. »Ist ganz einfach. Man muss nur den Stecker hier mit dem Schniepel da in der Mitte verbinden.«

»Hmmm«, sagt Finn. »Aber bestimmt macht dein Dziadek das nur mit seinem eigenen Trecker.«

»Wir leihen ihn ja nur aus«, sagt Jola, die um den Traktor herum schon nach einen Stück Draht Ausschau hält. »Oder willst du lieber weiter laufen?«

»Nee …« Finn schüttelt schnell den Kopf. »Ich mein ja nur …«, um dann leise, wie zu sich selbst, den Satz anzufügen, den Papa in so einer Situation sagen würde: »Ganz korrekt ist das nicht.«

Aber selbst wenn es das nicht ist, sind seine Beine gerade so müde und schwer, dass die Aussicht auf einen fahrbaren Untersatz alle Bedenken verdrängt. Finn beginnt ebenfalls sich umzuschauen, aber in der Dunkelheit ist es schwer, irgendwas zu erkennen. Ihm fällt ein, dass draußen ein Zaun neben dem Feldweg war.

»Warte, ich hab eine Idee«, ruft er Jola zu und läuft hinaus.

Er geht zurück zu dem Feldweg, folgt dem Zaun ein Stückchen und hält vor einem der verwitterten Pfähle. Oben, wo der Draht befestigt ist, steht ein längeres Stück über. Genau, was Finn braucht. Er will schon danach greifen, da fällt ihm etwas ein: Was, wenn der Zaun elektrisch geladen ist? So wie der am Nachbargrundstück bei Papa? Finn hat einmal versehentlich drangefasst und es hat sich angefühlt, als hätte ihm ein unsichtbares Gespenst einen unsichtbaren Knüppel über die Schulter gezogen. Finn überlegt: Er muss es riskieren. Er kneift die Augen zusammen und fasst – so kurz er kann – an den Draht. Nichts. Kein unsichtbares Gespenst. Kein unsichtbarer Knüppel. Mutig packt Finn das lose Ende und zieht die Hand schnell zurück. Da hat ihn doch etwas gezwackt! Aber es ist nur eine Brennnessel, die neben dem Pfahl wächst. Finn passt auf, dass er sie nicht berührt, und biegt den Draht hin und her. So lange, bis er mürbe wird und abbricht. Finn läuft damit zurück zu Jola.

»Hier.« Er wedelt mit dem Drahtstück durch die Luft.

»Voll gut«, sagt Jola. »In dem Verhau ist nämlich so was von gar nix zu finden.«

Dann zeigt sie Finn noch mal genau, wie er den Stecker und Schniepel mit dem Draht verbinden muss, bevor sie zurück auf den Traktorsitz klettert.

»Bei drei, okay?« Jola umklammert das Lenkrad. »Eins, zwei … drei!«

Finn hält den Draht an das Metall. Ein Funke. Der Motor macht ein kurzes ächzendes Geräusch, der Traktor ruckt – und geht sofort wieder aus.

»Er springt an«, ruft Jola aufgeregt. »Noch mal: Eins, zwei, drei!«

Finn probiert es wieder – mit dem gleichen Ergebnis. Krchz-ruck-aus.

Finn überlegt. Wenn er und Mama bei Opa Klaus zu Besuch sind, fährt er manchmal selber mit Opa Klaus' Auto. Also nicht alleine, sondern auf Opa Klaus' Schoß. Und auch nicht auf der Straße, sondern nur auf dem Parkplatz hinter Aldi. Und während Finn das Lenkrad hält, bedient Opa Klaus mit den Füßen die Pedale. Daher weiß Finn, dass die Pedale ganz wichtig sind beim Autofahren. ›Kupplung treten! Starten! Gang einlegen!‹, sagt Opa Klaus immer.

»Bestimmt liegt es an der Kupplung«, ruft er.

Jola nickt. »Genau das hab ich auch gerade gedacht.«

Sie umklammert das Lenkrad noch fester und streckt ihr Bein ganz lang, um das linke Pedal mit ihrem Fuß zu erreichen und so weit wie möglich durchzudrücken.

»Okay! Jetzt noch mal mit Kupplung!«, ruft sie.

Finn hält den Draht an das Metall. Es funkt wieder. Das ächzende Geräusch, der Auspuff hustet eine dicke schwarze Wolke in die Luft, der Motor jault auf – und läuft dann ratternd los.

Jola jubelt. »Na, bitte! Es funktioniert, wie ich gesagt habe. – Alle einsteigen und Türen schließen! Wir FAHREN nach Berlin!«

Finn, der immer noch neben dem vibrierenden Traktor steht, zögert. Opa Klaus hat immer gesagt, dass Finn das mit dem Autofahren auf keinen Fall alleine nachmachen soll. Eigentlich darf man auch erst ab achtzehn Auto fahren, und das nur, wenn man einen Führerschein hat.

Aber Jola wischt all seine Bedenken vom Tisch: Ein Traktor ist schließlich kein Auto. Traktorfahren ist einfacher als

Fahrradfahren. Und auf dem Land fahren alle Kinder Traktor! ALLE! Sonst würde nämlich die ganze Landwirtschaft zusammenbrechen. Aber eigentlich ist das Kinderarbeit. Und DAS müsste verboten werden. Also nicht, dass Kinder Traktor fahren, sondern dass Kinder als Traktorfahrer arbeiten müssen, statt spielen zu können.

Finn nickt. Wo Jola recht hat, hat sie recht. Und wenn andere Kinder Traktor fahren dürfen, dann dürfen sie das auch. Er klettert neben sie auf den Fahrersitz. »Los gehts.«

Jola grinst über beide Backen, hält sich am Lenkrad fest, macht ihr linkes Bein lang und tritt erneut das Kupplungspedal durch: »Erster Gang!«

Finn rüttelt am Schalthebel und findet eine Position, in der er einrastet: »Gang ist drin!«

Jola zieht ihr Bein langsam zurück und lässt die Kupplung kommen. Der Traktor macht einen Satz nach vorne – und sie fahren!

6.

Haben Sie auch vegetarisch?

Jola umklammert das Lenkrad und steuert den Traktor haarscharf am Torrahmen vorbei ins Freie. Schaukelnd rumpelt er über die Betonplatten vor den Ställen und erreicht den Feldweg, wo Jola ordentlich am Lenkrad kurbeln muss, um die Kurve zu kriegen.

»Siehst du, wie leicht das ist?!«, ruft sie laut, um das Motorengeräusch zu übertönen.

Finn nickt. Er hat den Schalter für die Beleuchtung gefunden. Die Scheinwerfer des Traktors tauchen die Furchen des Feldwegs in gelbes Licht.

»Und jetzt Vollgas!«, schreit Jola.

Sie tritt das Gaspedal durch, der Motor nagelt los, als wollte er gleich auseinanderfliegen.

»Zweiter Gang!«, ruft Finn.

Jola geht vom Gas und tritt die Kupplung. Finn bedient den Schalthebel, legt den zweiten Gang ein. Dann den dritten und den vierten. Das Zusammenspiel von Kuppeln und

Schalten geht immer besser und der Traktor tuckert flott durch die Nacht.

»Gleich kannst du auch mal lenken«, ruft Jola. »Ich zeig dir, wie's geht.«

Finn nickt und denkt, dass er schon selbst weiß, wie es geht.

Nach einer Weile mündet der Feldweg in eine Straße und noch eine Weile später leuchtet vor ihnen am Straßenrand ein großes gelbes Verkehrsschild im Scheinwerferlicht auf. Neben einem langen schwarzen Pfeil steht ›Berlin 55 km‹.

Finn und Jola schauen sich glücklich an. Sie sind auf dem richtigen Weg. Sie FAHREN nach Berlin!

Dann übernimmt Finn das Lenkrad und steuert den Traktor. Es ist wirklich nicht schwer und er bekommt schnell ein Gefühl dafür, wie er am Lenkrad drehen muss, damit er gut um die Kurven kommt. Jola, die neben ihm sitzt, schaut zufrieden auf den Tacho.

»Der macht locker 25 Ka-Em-Ha«, sagt sie fachkundig.

Finn rechnet: 25 Kilometer pro Stunde ... – wenn sie das Tempo halten, sind sie in zwei Stunden zu Hause. Finn freut sich schon auf die Gesichter von Mama und Mukhtar, wenn sie ihn und Jola auf dem Traktor sehen. Die werden staunen.

Und wenn man das Glück erst mal auf seiner Seite hat, liest es einem manchmal alle Wünsche von den Lippen ab. Über den Bäumen vor ihnen schiebt sich nun ein ganz besonders heller Stern in den Nachthimmel. Und es ist weder der Polarstern noch ein Satellit, so viel ist sicher. Denn der Stern hat die Form eines Hamburgers und einen Strahlenkranz aus goldgelben Pommes. Als leuchtendes Werbeschild schwebt er an der Spitze eines langen Masts über einem Schnell-Restaurant, damit hungernde Reisende wie Finn und Jola es schon aus weiter Ferne sehen können.

»Juhu!«, ruft Finn. »Da gibt es was zu essen!«

Er lenkt den Traktor geradewegs in die Richtung. Jola zieht die zwei zerknitterten Geldscheine aus ihrer Hosentasche und streicht sie glatt.

»15 Euro. Das reicht locker für zwei Menüs!«

Finn nickt: »Hauptsache, die haben auch Vegetarisch.«

»Magst du kein Fleisch?«, fragt Jola verwundert.

»Doch schon«, sagt Finn. »Aber ich esse keins mehr. Weil ich nicht will, dass Tiere sterben.«

»Aber die sterben doch sowieso … irgendwann.«

»Ja, aber weil sie alt sind. Und nicht, weil sie geschlachtet werden.«

»Manche sterben auch, weil sie von anderen Tieren gefressen werden«, sagt Jola, »von Krokodilen oder Löwen oder Haifischen …«

Finn nickt. »Dann sterben sie wenigstens nicht wegen *mir*. Außerdem kann man Würstchen und Buletten auch ohne Fleisch machen.«

»Aber die schmecken nicht so lecker«, sagt Jola.

»Die von meinem Papa schon. Der verkauft die sogar an ein Wellness-Hotel.«

»Dann ist dein Papa so eine Art Fleischer?«, fragt Jola.

»Na ja«, sagt Finn. »Eigentlich ist Papa Programmierer. Für Computer und so. Aber dann hat er eine Krise gekriegt und konnte keine Computer mehr sehen. Da hat er mit den Tofu-Sachen angefangen. Buletten, Würstchen, Schnitzel … und jetzt verdient er richtig Geld damit.«

Jola lacht. »Ein vegetarischer Tofu-Würstchen-Programmierer, das ist voll komisch.«

Als sie die Einfahrt zum Restaurant erreichen, zeigt Jola auf einen Pfeil. Darauf steht: *Drive-in.* Finn hat zwar schon Englisch in der Schule, aber dieses Wort kam noch nicht vor. Jola weiß Bescheid:

»Ein ›Drive-in‹ ist ein Restaurant, in das man reinfahren kann«, sagt sie. »Man bleibt im Auto sitzen und bestellt sein Essen zum Mitnehmen.«

»Ah«, sagt Finn. »So wie Kaffee-to-go.« So einen kauft Mama manchmal zum Wachwerden, wenn sie ihn zur Schule bringt. Mukhtar veräppelt sie dann immer und fragt, ob der Kaffee-to-go auch wirklich aus Togo stammt. So heißt nämlich ein Land in Afrika. Und eigentlich müsste es dann auch Kaffee-Kamerun und Kaffee-Äthiopien geben.

Finn folgt dem Pfeil und steuert den Traktor auf den hinteren Teil des Flachbaus zu. An der kahlen Backsteinwand klebt ein kleines Häuschen mit einem offenen Fenster. Dahinter sitzt eine Riesin. So sieht es zumindest aus, denn sie füllt das Häuschen fast völlig aus. Über ihrem Kopf ist gerade noch Platz für ein kleines grünes Käppi, das schräg auf ihren welligen Haaren sitzt wie ein Schiffchen auf hoher See. Als die Frau Finn und Jola auf dem Traktor sieht, winkt sie mit der Hand.

Finn geht vom Gas, steigt auf die Bremse und tritt das Kupplungspedal durch. Der Traktor kommt zum Stehen – allerdings erst zwei Meter *hinter* dem Fenster, aus dem die Riesin nun verwundert rausguckt.

Finn rüttelt am Ganghebel: »Mist, wo ist denn hier der Rückwärtsgang?«

Jola drückt den Hebel in eine neue Position. Finn kuppelt, der Traktor rollt zurück und hält wieder – diesmal zwei Meter *vor* dem Fenster.

Jola beugt sich zu der Riesin rüber und brüllt gegen das Motorengeräusch an: »Wir möchten was für 15 Euro! Mit was Vegetarischem dabei! Und to-go!«

Finn tippt noch mal kurz aufs Gas. Der Traktor macht wieder einen Satz nach vorne und steht nun endlich direkt vor dem Fenster. Die Riesin schüttelt ihren massigen Kopf, sodass das kleine röhrchenförmige Mikro vor ihrem Mund wackelt.

»Erst fahn lernen, dann bestelln!«, schnarrt ihre Stimme aus dem Lautsprecher über dem Fenster und es klingt, als käme sie aus einer Gießkanne. Die Riesin beugt sich vor. »Ick kiek woni richtich.« Sie glotzt Finn an und plinkert ungläubig mit den Augen. »Wer hat dich denn ans Steuer jelassen? Bisja noch janz grün hinta die Ohren!«

Jola setzt eine ernste Miene auf und liest die Leuchtschrift auf einem Monitor hinter dem Fenster. Darauf steht: Hier bedient Sie Frau Schaumlöffel.

»Du, hör mal, Frau Schaumlöffel«, sagt Jola. »Wir sind leider gerade nicht so in Plauderstimmung. Wir müssen nämlich heute noch in die Tzitti.«

»In die City?!« Die Riesin deutet auf den Traktor. »Damit? Bis nach Balin?!«

Jola nickt und macht mit der Hand eine Geste, wie Erwachsene sie immer machen, wenn sie etwas besonders Wichtiges sagen wollen. »Ganz genau, gute Frau. Können wir nun was bestellen oder nicht?«

Finn hat das Gefühl, dass die Bezeichnung »gute Frau« ein bisschen altmodisch klingt. Aber Jola ist voll in ihrem Element und hält der Riesin die zwei Geldscheine hin. »Wir zahlen auch bar und ohne Abzüge.«

Doch statt das Geld zu nehmen, wackelt die Riesin nur mit dem Käppi, drückt auf einen Knopf und näselt »Zwei Kinda« in das Röhrchen vor ihrem Mund. Dann lässt sie den

Knopf los und ihre Stimme scheppert wieder aus dem Lautsprecher:

»Passt mal uff, ihr zwei Vögel. Die Kindermenüs kriegt ihr jeschenkt. Weil ick 'n juten Tach hab. Aber dafür steigt ihr sofort von dem Ding ab. Und ick ruf eure Mutti an. Damit die euch hier mal janz schnell abholt. Kapiert?«

Sie nimmt zwei braune Papiertüten, die wie von Geisterhand in der Durchreiche hinter ihr aufgetaucht sind, und reicht sie aus dem Fenster.

Jola nimmt die Tüten und lächelt bedauernd. »Danke, echt nett von dir. Aber wir müssen jetzt ganz schnell weiter. Tschau, gute Frau!«

Jola gibt Finn ein Zeichen. Finn lässt die Kupplung kommen. Der Traktor fährt los. Frau Schaumlöffel beugt sich aus dem Fenster und fuchtelt wild mit den Armen. So wild, dass ihr das Käppi vom Kopf fliegt.

»Heh! Euch hat wohl 'n Affe jebissen?! Ihr sollt absteigen!«

Finn gibt noch mehr Gas, der Auspuff spuckt eine schwarze Rußfahne in die Luft und der Traktor entfernt sich zunehmend schneller.

Jola dreht sich noch einmal um und winkt zum Abschied: »Und nicht zu viel Schaum löffeln, Frau Schaumlöffel! Sonst platzt dir noch der Möffel-Töffel!«

Finn muss lachen.

Ein geschnaubtes »Rotzgören!« ist das Letzte, was sie von der Riesin hören, bevor sie und ihr Häuschen immer kleiner werden und schließlich aus ihrem Blickfeld verschwinden.

7.

Ketchup-Dusche und Strohballen-Rollen

Der Traktor steht mit ausgeschalteten Scheinwerfern auf einem Feldweg, ein paar Meter abseits der Straße. Dort haben Finn und Jola geparkt, damit man sie nicht gleich sehen kann. Für den Fall, dass die Riesin die Polizei gerufen hat und die nach ihnen sucht.

Der Mond wirft ein fahles Licht auf die Felder. Finn und Jola sitzen sich auf den Kotflügeln der Hinterräder gegenüber. Der Fahrersitz zwischen ihnen dient als Tisch, auf dem sie den Inhalt der Papiertüten aufgeteilt haben. So gerecht wie möglich, in Vegetarisch und Nicht-Vegetarisch. Die Pommes und die oberen Brötchenhälften der Burger für Finn, die unteren Brötchenhälften mit dem Fleisch drauf für Jola. Dazu für jeden einen Becher mit Limo und je einen »Space-Roboter«, der auch in der Packung war. Finn fragt, ob er den mit dem Teleskoparm haben kann. Für Carlo. Der sammelt die Space-Roboter nämlich und der mit dem Teleskoparm ist der einzige, der ihm noch fehlt. Jola ist es egal, welchen Roboter sie bekommt. »Hauptsache, wir fangen endlich an zu essen!«

Und das tun sie dann auch. Wie zwei ausgehungerte Raubtiere fallen sie über die Sachen her. Minutenlang lassen sie nichts anderes von sich hören als Kauen, Schmatzen und Gluckern. Sie essen mit den Händen und schlürfen mit den Strohhalmen. Eine Festmahlzeit – besser als alles, was sie je zuvor in ihrem Leben gegessen haben.

Finn legt den Kopf in den Nacken und schüttet sich eine Ladung Pommes in den Mund.

»Üff lüüübe Pommüs!«, sagt er und weil sein Mund ganz voll ist, fliegen dabei ein paar Pommes-Brocken gleich wieder heraus.

»Und ich liebe Burger«, sagt Jola mit lauter Ketchup im Gesicht. Sie hat eine Brötchenhälfte ganz blank geleckt und setzt sie sich auf den Kopf, sodass sie aussieht wie die Riesin mit dem Käppi. »Töffel-Möffel, Frau Schaumlöffel.«

Finn prustet los und dabei fliegen weitere Pommes-Brocken durch die Luft und landen auf dem Sitz. Er nimmt den Space-Roboter, spießt mit dessen Teleskoparm einen der Brocken auf und schiebt ihn sich zurück in den Mund.

»Töffel-Löffel ...«, sagt er. »Üff bün ün Fressroboda ... Klück-klück ...«

Jola nimmt den anderen Roboter und steckt ihn oben auf den Strohhalm ihres Limo-Bechers:

»Und ich bin ein Trinkroboter ... Gluck-gluck ...!« Jola drückt den Becher, sodass die Limo aus dem Strohhalm schießt und den Roboter in die Luft katapultiert.

Finn kann nun gar nicht mehr an sich halten vor Lachen. Jola drückt den Becher noch mal und eine Limo-Fontäne spritzt in hohem Bogen durch die Luft.

»Achtung, Limo-Dusche!«, ruft sie.

Finn macht den Mund auf und versucht den nächsten Limo-Strahl aufzufangen. Dann nimmt er eins der Ketchup-Tütchen und quetscht es zusammen.

»Achtung, Ketchup-Dusche!«

Das Ketchup spritzt heraus und klatscht Jola ins Gesicht.

Jola lacht sich schlapp und Finn denkt, dass Papa längst eine Krise bekommen hätte. Krümeln und Kleckern kann er nämlich überhaupt nicht leiden. Nach jedem Essen kriecht er unter den Tisch und fegt den Boden, wobei er dann »sein Märtyrergesicht aufsetzt«, wie Mama immer sagt. Mama hat Papa zum Geburtstag sogar mal einen kleinen Staubsauger geschenkt. Papa hat sich auch ganz doll darüber gefreut. Aber da waren Mama und Papa auch noch zusammen. An seinem nächsten Geburtstag ist Papa dann ausgezogen. Den kleinen Staubsauger hat er mitgenommen und Mama und Papa haben jetzt beide einen eigenen Tisch, wo sie krümeln und saugen können, so viel sie wollen.

Jola versucht noch mal eine Limo-Dusche zu machen,

aber der Becher ist leer und es kommt nur noch Luft. Finn tut von dem ganzen Lachen die Seite weh. Er muss gähnen. Jetzt, wo der Hunger weg ist, merkt er, wie schwer seine Beine sind. Die ganze Aufregung, das viele Laufen ... auf einmal fühlt er sich so erschöpft, dass er auf der Stelle einschlafen könnte. Er schaut in den Nachthimmel über ihnen und muss gähnen. »Wie spät es jetzt wohl ist?«

»Sehr spät.« Jola gähnt auch.

»Und wir müssen noch mindestens zwei Stunden fahren bis nach Berlin ...«, seufzt Finn.

Jola schüttelt den Kopf. »Wir brauchen ein Nachtquartier.«

Finn lässt den Blick über die dunkle Landschaft um sie herum schweifen: Aber wo sollen sie hier übernachten? Ganz allein? Mitten im Freien und ungeschützt vor irgendwelchen Tieren? Was wird Mama denken, wenn er die ganze Nacht wegbleibt? Andererseits kann er unmöglich noch zwei weitere Stunden die Augen offen halten, geschweige denn den Traktor lenken.

Neben dem Feldweg erstreckt sich ein Stoppelfeld. Darauf stehen runde Ballen aus zusammengepresstem Stroh, die im Mondlicht schimmern wie riesige Marshmallows. Hinter dem Feld beginnt Wald. Und davor steht ein Jägerstand. Ein kleines Holzhaus auf Stelzen.

»Vielleicht könnten wir da oben schlafen«, sagt Finn.

Jola nickt begeistert. »Und unter den Bäumen parken wir den Traktor ... Damit ihn keiner klaut!«

Sie schwingt sich auf den Fahrersitz und hält Finn auffordernd den Draht hin. Finn klettert vom Kotflügel und schließt wieder den Anlasser kurz. Der Motor rattert. Jola legt den Gang ein und lässt die Kupplung kommen. Etwas zu schnell. Der Traktor macht einen Satz nach vorn. Jola verliert den Halt, lässt das Lenkrad los und rutscht rückwärts vom Sitz. Sie kann sich gerade noch an der Lehne festklammern. Der Traktor tuckert führungslos im Kreis.

Finn schreit: »Stoooopp!«

Jola, die sich wieder auf den Sitz gezogen hat, bekommt das Lenkrad zu fassen und sucht mit dem Fuß hektisch nach dem Bremspedal.

»Stopp endlich, du dummes Ding«, schreit sie.

Und der Traktor stoppt auch prompt, als hätte er es gehört. Dabei kippt er jedoch steil nach vorne, sodass Jola unsanft gegen das Lenkrad geschleudert wird und der Motor ausgeht.

Nach einer Schrecksekunde findet Finn die Sprache wieder. »Alles okay?«

Jola schaut ganz verdattert nach unten. Unter den Vorderrädern des Traktors scheint sich wie von Geisterhand ein Loch aufgetan zu haben. Finn erkennt einen überwucherten Graben, der neben dem Feldweg verläuft.

»Wo kommt das doofe Ding denn plötzlich her?«, sagt sie und klettert von dem Traktor herunter.

Finn ist froh, dass Jola nichts passiert ist. »Hauptsache, es ist noch alles heile.« Er grinst. »Das sah voll komisch aus ...«

»Danke«, sagt Jola missmutig und rüttelt an der in den Himmel ragenden Anhängerkupplung des Traktors. Nichts rührt sich. Sie hängt sich mit ihrem ganzen Gewicht daran. Der Traktor bewegt sich keinen Millimeter.

»Scheiße. Der steckt fest.«

Finn will Jola aufmuntern. »Ist doch praktisch. Kann ihn keiner klauen.«

Jola schaut kopfschüttelnd zur Straße. »Aber wenn es hell wird, kann ihn jeder von der Straße aus sehen. Da haben wir die Polizei gleich wieder an den Hacken.«

Finn nickt. Da hat Jola recht. Beide schauen sich suchend um. Ihre Blicke fallen auf die runden Strohballen auf dem Feld. Sofort haben sie die gleiche Idee und rennen los.

Vor der am nächsten gelegenen Rolle bleiben sie stehen. Das Strohungetüm ist fast doppelt so groß wie sie. Sie drücken mit den Händen dagegen. Das Stroh pikst in die Haut. Aber zu mehr als einem leichten Hin- und Herwackeln lässt die Rolle sich nicht bewegen. Finn versucht es anders. Er dreht sich um und presst seinen Rücken gegen die Rundung. Die Füße fest in die Erde gestemmt, spannt er alle Muskeln an – und tatsächlich bewegt die Rolle sich ein bisschen mehr.

Jola stellt sich neben Finn und mit vereinten Kräften bringen sie den Strohkoloss ins Rollen. Schnaufend und schwitzend wälzen sie das Monsterteil langsam über den holprigen Untergrund. Sie drücken, schieben und pressen. Und obwohl das Feld eigentlich völlig flach aussieht, hat Finn das Gefühl, dass es die ganze Zeit bergauf geht. Aber dann – als sie die Rolle über eine letzte besonders tiefe Furche gewuchtet haben – fängt sie auf einmal von alleine an zu rollen. Erst langsam, dann immer schneller, wobei das gepresste Stroh knistert, als würde es leise vor sich hin kichern.

»Jippieh!«, schreien Finn und Jola und rennen jubelnd neben der Walze her, die sich nun ganz eigenständig ihren Weg bahnt. Einen Moment sieht es so aus, als würde sie einfach an dem Traktor vorbeirollen. Aber der Graben, der den Traktor gebremst hat, stoppt zum Glück auch die Strohrolle. Wie eine Murmel plumpst sie hinein, aber nur ein bisschen, sodass noch genug von ihr rausguckt, um den Traktor zur Straße hin zu verdecken.

»Jau«, sagt Jola und grinst Finn zufrieden an. »Ich sag mal: Deutscher Meister im Strohballen-Rollen.«

Finn nickt: »Ich würd sogar sagen: Weltmeister.«

8.

Ein Tier sagt Gute Nacht

Auf dem Weg zum Jägerstand hält Finn noch mal an einer der Rollen und rupft ein paar Hände voll Stroh heraus.

»Als Polster für unser Nachtlager«, sagt er und stopft sich das Stroh unter seine Jacke.

»Gute Idee!« Jola folgt seinem Beispiel, reißt weitere Büschel aus der Rolle und packt sie unter ihren Pullover. Schließlich zeigt sie kichernd auf Finns Bauch, der unter der Jacke ganz dick geworden ist.

»Du siehst aus wie eine vollgefressene Vogelscheuche«, sagt sie.

»Und du wie ein aufgeplatztes Sofakissen«, entgegnet Finn und zieht einen Halm aus Jolas Pullover.

Kugelrund wanken sie schließlich müde und erschöpft über das Feld. Ihre Strohbäuche rascheln bei jedem Schritt leise vor sich hin. Sie haben den Jägerstand fast erreicht, da bleibt Finn plötzlich erneut stehen und hält Jola am Ärmel fest. Er schaut auf etwas am Waldrand.

»Da ist was!«, flüstert er.

Und jetzt sieht Jola es auch: Im Schatten der Bäume vor ihnen steht unbeweglich eine dunkle Silhouette. Ein Tier. Wie ein riesiger Hund. Seine Augen funkeln durch das Dunkel. Das struppige Fell schimmert silbern.

»Was ist das?«, wispert Finn. Die Vorstellung, dass es das ist, wonach es aussieht, ist einfach zu ungeheuerlich.

Jola nickt nur stumm. Finn wagt nicht sich zu rühren. Und das Tier schaut sie einfach nur weiter aus seinen glühenden Augen an. In Finns Kopf überschlagen sich die Gedanken: Papa hat erzählt, dass es seit einigen Jahren wieder Wölfe in Brandenburg gibt, aber gesehen hat Finn noch nie einen. Fressen Wölfe Menschen? Nein, nur im Märchen, hat Papa gesagt. In echt fressen sie Kaninchen, Hasen und Rehe. Und manchmal auch ein Schaf.

Finn schaut besorgt zu dem Tier. Als spürte es seinen Blick, zieht es die Lefzen hoch und gibt ein leises Knurren von sich. Unwillkürlich greift Finn nach Jolas Hand. Jola umschließt sie fest. Ihre Finger sind ganz kalt. Papa hat auch gesagt, dass Wölfe die Angst der Menschen riechen können – und dass sie selbst die größte Angst vor Menschen haben. Aber dieser Wolf scheint gar keine Angst zu haben. Mit seinen Bernstein-Augen schaut er sie einfach nur an. Dann hebt er den Kopf und schickt ein lang gezogenes Heulen in den Nachthimmel: Ohuhuuuuuuuuuuuhuuu!

Es klingt ganz einsam und klagend und auf einmal hat Finn fast ein bisschen Mitleid mit dem Wolf, der da so ganz allein im Wald steht. Ohne sein Rudel, ohne Freunde. Finn hält Jolas Hand und ist froh, dass er nicht allein ist. Und Jola scheint es genauso zu gehen, denn sie hält seine Hand immer noch ganz fest.

Ohuhuuuuuuuuuuuhuuu! Der Wolf hat genug geheult. Er schüttelt seinen Kopf, dreht sich um und trottet in den Wald zurück. Finn und Jola warten unbeweglich, bis er im Dunkel zwischen den Bäumen verschwunden ist.

Jola lässt Finns Hand schnell wieder los und holt tief Luft. »Wahnsinn! Ein Wolf! Wir haben einen echten Wolf gesehen!«

Finn nickt. »Ich glaube, er ist extra gekommen, um uns Gute Nacht zu sagen.«

Als sie dann nebeneinander oben in dem kleinen Holzhäuschen liegen und durch die Öffnung in den Nachthimmel schauen und auf die Geräusche im Wald lauschen, fühlt sich das wirklich ganz gemütlich an und nur noch ein ganz kleines bisschen unheimlich.

Finn zieht seine Jacke zurecht, die sie als Decke über sich gelegt haben. Das Stroh unter ihm knistert leise. Er schaut zu Jola, die mit offenen Augen neben ihm liegt, die Hände hinter dem Kopf verschränkt, und auf einem Halm kaut.

»Du, Jola ...«

»Hmmm.«

»Glaubst du, wir schaffen es nach Berlin? Ich meine: alleine?«

»Ja, klar!« Jola dreht den Kopf und schaut Finn an. »Wieso auch nicht?«

»Ich überleg nur«, sagt Finn. »Vielleicht kriegen wir den Traktor nicht mehr aus dem Graben? Oder er ist kaputt?«

»Nee. So schnell geht der nicht kaputt.« Jola spuckt den Strohhalm aus. »Auf dem Acker passiert so was ständig ... also, dass der mal feststeckt.«

Finn hofft, dass Jola recht hat. Er gähnt und schließt die Augen, aber sie gehen – pling! – gleich wieder auf. Er kennt das schon. Besonders, wenn er richtig müde ist: Statt einfach einzuschlafen, macht er sich Gedanken. Er lauscht auf die Geräusche von draußen. Überall knackt und raschelt es. Er denkt an zu Hause, an sein Zimmer und an sein gemütliches Hochbett. Und an Mama, die die Leiter hochklettern würde, um ihm Gute Nacht zu sagen. Er würde sich jetzt sogar von ihr abknuddeln lassen, obwohl knuddeln eigentlich oberpeinlich ist.

Bestimmt fragt Mama sich, wo er jetzt steckt. Natürlich hat er schon öfters anderswo übernachtet. Bei Carlo und auf Klassenfahrt. Aber da wusste Mama ja immer Bescheid. Mit der Klasse waren sie sogar fünf Tage in einer Jugendherberge, wo es immer nur Fencheltee gab und die Zimmer nach alten Socken gerochen haben. Da konnte Finn auch nicht einschlafen und Frau Henschke-Pohl hat gesagt, das ist die Heimweh-itis, die er hat.

Finn schaut zu Jola, die regungslos neben ihm liegt und ganz gleichmäßig atmet.

»Jola?«, flüstert Finn leise. »Schläfst du schon?«

»Hmmmm«, brummt Jola.

»Hast du manchmal Heimweh?«

»Heimweh?«, murmelt Jola. »Nee, wozu …?«

»Weil du dein Zuhause ganz dolle vermisst? Dein Zimmer, dein Bett, deine Eltern …«

»Nee!« Jola öffnet die Augen und schaut Finn erstaunt an. »Vermisst du etwa deine Eltern?«

Finn sagt nichts. Aber er spürt, wie der Gedanke ihm die Kehle zuschnürt. Jetzt bloß nicht heulen! Er legt schnell den Arm über das Gesicht, um seine Augen zu verdecken.

Jola liegt einen Moment schweigend neben ihm. Dann zupft sie ihn am Ärmel seines T-Shirts.

»Hey«, flüstert sie und ihre Stimme klingt ganz weich. »Hast du Heimweh?«

Finn hebt den Arm und schüttelt den Kopf.

»Nee«, sagt er und fühlt, wie der Druck auf seiner Brust verschwindet. »Ich dachte kurz, dass ich welches hab, aber jetzt ist es schon wieder weg.«

9.

Blutsbrüderschaft oder so ähnlich

Ssrrrrrrrr ...

Finn öffnet blinzelnd die Augen. Eine dicke Fliege summt um seine Nase. Er richtet sich auf. Jola neben ihm schläft noch. Finn guckt aus der Fensteröffnung. Die Sonne steht flach über dem Feld. Der Traktor steckt noch genauso im Graben, wie sie ihn gestern zurückgelassen haben. Vom Wolf keine Spur, dafür stehen zwei Rehe neben einer der Strohrollen. Finn fällt ein Satz ein: ›Ich sehe Rehe in der Nähe.‹ Das hat Mukhtar ihm beigebracht. Eine Übung, damit man ›E‹ und ›Ä‹ deutlich ausspricht: ›Ich seehee Reehee in deer Nääähee.‹ Als Schauspieler muss man das nämlich können und noch schwieriger ist es, wenn man sich einen Korken zwischen die Zähne steckt: ›Ich cheehee Reehee ing geer Gnääähee.‹

»Oahhhh ...« Jola reckt und streckt sich hinter ihm.

»Guck mal ...«, sagt Finn leise und deutet nach draußen.

Jola setzt sich auf. Ihre verwuschelten Haare sind voller Stroh. Blinzelnd schaut sie durch die Öffnung. Eins der Rehe hat schon ein kleines Geweih.

»Gut, dass der Wolf nicht da ist«, sagt Jola verschlafen und schüttelt das Stroh aus ihren Haaren. Die Rehe spitzen die Ohren, als hätten sie was gehört. Langsam traben sie weiter und verschwinden schließlich im Wald.

»Mann. Wo bleibt das Frühstück?!«, sagt Jola. »Ich hab so Kohldampf, das gibts gar nicht!« Sie kratzt sich unter dem Pullover. »Und das ganze Stroh überall. Das juckt! Gibts hier kein Badezimmer?«

»Nee«, sagt Finn. »Aber einen See.«

Er deutet in Richtung des Waldes, wo zwischen den Bäumen ein silbriges Glitzern zu sehen ist.

Jola springt auf und beugt sich aus der Öffnung. »Hallo, See! Pass auf, gleich springen wir rein in dich!«

Sie schlüpfen in ihre Schuhe, klettern die Leiter runter und laufen in den Wald. Der See liegt versteckt zwischen den Bäumen. Drum herum steht Schilf. Von einem wackeligen Steg können sie ins Wasser gucken. Es ist ganz klar. Jola legt sich auf den Bauch und hält die Hand hinein.

»Und gar nicht kalt!«, sagt sie.

Finn taucht auch die Hand ein, schöpft etwas Wasser heraus, schnuppert daran und trinkt: »Und schmecken tut es auch!«

Jola kickt ihre Schuhe weg, streift die Socken ab und schaut Finn auffordernd an. »Worauf wartest du?«

»Äh ... wir haben keine Badesachen ...«, sagt Finn.

»Na und«, sagt Jola, »schwimmen wir halt im Schlüppi!«

Jola öffnet ihre Jeans. Finn guckt schnell weg. Er dreht Jola den Rücken zu und zieht sich zögernd aus. Er versucht sich zu erinnern, was für eine Unterhose er gestern Morgen angezogen hat. Hoffentlich nicht die mit den bunten Dinosauriern drauf. Die sieht nämlich voll peinlich aus. Er schielt nach unten. Nein, zum Glück ist es eine von den blau-weiß gestreiften. Auf einem Bein hüpfend strampelt Finn sich aus der Hose und legt seine Kleider auf einen Haufen.

Jola sitzt schon am Rand des Stegs und lässt die Füße ins Wasser baumeln. Finn setzt sich neben sie und bemerkt, dass Jola eine bunte Dino-Unterhose anhat. Genau die, die er auch hat. Aber Jola scheint das völlig egal zu sein. Sie spritzt mit dem Fuß Wasser in die Luft.

»Bei drei springen wir zusammen rein, okay?«

Finn nickt. Sie zählen zusammen: »Eins ... zwei ... drei!«

Finn stößt sich ab und platscht ins Wasser. Mit den Armen rudernd kommt er wieder an die Oberfläche und japst: »Boah! Das ist eiskalt!«

Er schaut sich im Wasser um, aber von Jola keine Spur. Sie sitzt immer noch trocken auf dem Steg und lacht: »Reingelegt!«

»Na, warte!«, ruft Finn und spritzt Jola mit der Hand nass.

Die springt nun auch rein und fängt sofort an, panisch um sich zu schlagen.

»Oh, Mist, ich hab meine Schwimmflügel vergessen! Ich ertrinke!«

Sie geht gurgelnd unter. Finn schwimmt unbeeindruckt weiter. Noch mal fällt er nicht auf so einen doofen Trick rein. Aber als Jola nach fünf Sekunden immer noch nicht wieder aufgetaucht ist, wird er doch unruhig und schwimmt schnell zu der Stelle, wo sie verschwunden ist. Unter der Wasseroberfläche ist nichts zu sehen. Finn strampelt auf der Stelle und schaut sich beunruhigt um. »Jola?!«

Er holt tief Luft, um zu tauchen, da schießt Jola in ein paar Metern Entfernung aus dem Wasser und ruft halb lachend, halb nach Luft japsend:

»Schon wieder reingelegt! Da staunst du, wie lange ich die Luft anhalten kann, was?!«

»Du wirst sie gleich noch viel länger anhalten müssen!«, ruft Finn und schwimmt zu ihr, packt sie an den Schultern und tunkt sie unter. Er schwimmt schnell weg, bevor sie wieder hochkommt. Aber Jola, die wirklich super tauchen kann, ist ihm unter Wasser gefolgt und hält seinen Fuß fest.

»Kitzeln verboten!«, schreit Finn, strampelt sich los und schwimmt, so schnell er kann, weiter. Jola verfolgt ihn in wildem Kraulstil.

»Ich krieg dich!«, ruft sie japsend. »Und dann mach ich dich nass!«

»Haha«, japst Finn, »ich bin schon nass.«

»Dann mach ich dich eben noch nasser!«

Später liegen sie nebeneinander auf dem Steg, das warme Holz unter sich, die Sonne auf der Haut. Jola legt die Hand auf ihren Bauch, in dem es gluckert und knurrt.

»Ich hab total viel Wasser geschluckt.«

»Ich auch«, sagt Finn.

Er blinzelt mit halb geschlossenen Lidern träge in die Sonne und beobachtet, wie bei jeder Pupillenbewegung winzig kleine Teilchen auf seinem Auge hin- und herflitzen. Sie sehen so ähnlich aus wie die Urzeitkrebse, die er mal gezüchtet hat. Carlo hatte ihm so einen Experimentier-Kasten zum Geburtstag geschenkt. Mit einem kleinen Aquarium drin und einer Packung mit Krebseiern. Die Krebse sind auch prima gewachsen und in ihrem Becken rumgeschwommen wie kleine Taucher. Aber dann wurde das Wasser irgendwann ganz trüb und stinkig. Und Mama hat es ins Klo gekippt. Mit den ganzen Urzeitkrebsen drin. Und Finn hat sich vorgestellt, wie sie in der Kanalisation weiterleben und ein eigenes Urzeitkrebsland gründen.

Jola hebt den Kopf und schaut zu ihm rüber.

»Man kann deine Augen unter den Lidern sehen, wie sie

sich bewegen«, sagt sie. Sie berührt sein Augenlid vorsichtig mit dem Zeigefinger und Finn lässt sein Auge darunter hin und her rollen.

»Iiih, das fühlt sich voll gruselig an!«, ruft Jola und zieht die Hand zurück.

Finn fällt etwas ein. Er macht die Augen auf.

»Ich weiß einen Reim«, sagt er und richtet sich auf. »Den haben wir mal im Kinderladen gelernt, also eigentlich Babykram.«

Jola schaut ihn gespannt an. »Sag schon.«

Finn macht ein bedeutungsvolles Gesicht und spricht:

»Sternchen, Sternchen, Rotzkasernchen,
Fressmaschinchen, Gurgelinchen,
Apfelsinchen, Mandarinchen,
Klingelknopf und Wasserhahn –
um die Ecke Bockwurst-Laden!«

Jola runzelt die Stirn. »Sternchen, Sternchen – was soll das sein?«

»Ich zeigs dir«, sagt Finn und grinst. Er deutet nacheinander auf Jolas Augen und Nase. »*Sternchen ... Sternchen ... Rotzkasernchen ...*« Dann auf Mund, Hals und Brust: »*Fressmaschinchen ... Gurgelinchen ... Apfelsinchen ... Mandarinchen ... Klingelknopf ...*« Finns Finger berührt Jolas Bauchnabel.

»Hey, das kitzelt!«, kichert Jola.

»... *und Wasserhahn* ...« Finn zeigt prustend auf Jolas Dino-Unterhose. »... *um die Ecke Bockwurst-Laden!*«

Jola versteht und prustet ebenfalls los.

»›Bockwurst-Laden‹ – deswegen sagen die Erwachsenen auch ›Großes und Kleines Geschäft‹.«

Finn sagt mit tiefer Stimme: »Ich mache mein großes Geschäft.«

Und sie kriegen sich gar nicht mehr ein vor Lachen. Als sie endlich wieder aufhören können, wird Jola auf einmal ganz ernst.

»Finn, soll ich dir ein Geheimnis verraten?«

Finn nickt.

»Aber du darfst es niemandem sagen«, sagt sie. »Schwöre!«

»Ich schwöre«, sagt Finn und hält die Schwurfinger in die Luft.

»Beim Leben deiner Mutter!«, sagt Jola.

»Beim Leben meiner Mutter«, wiederholt Finn.

»Und auch bei dem von deinem Vater!«

»Und auch bei dem von meinem Vater«, sagt Finn und ist gespannt, was für ein Geheimnis so wichtig sein kann.

Jola holt tief Luft – und grinst Finn dann an:

»Ich ... ich hab in den See gepinkelt.«

Finn schaut sie an und muss wieder losprusten:

»Ich auch.«

»Was!?«, ruft Jola empört und boxt ihn gegen den Arm. »Igitt. Dann hab ich ja deine Pisse getrunken!«

»Und ich deine!«, sagt Finn und boxt zurück.

»Okay, dann sind wir wenigstens quitt«, sagt Jola und überlegt. »Vielleicht ist das ja so ähnlich wie Blutsbrüderschaft.« Sie schaut Finn durch die Fransen ihrer nassen Haare an. »Und wir sind jetzt bis an unser Lebensende irgendwie verbunden ...«

Finn nickt und lächelt dabei. Der Gedanke gefällt ihm. Und in seinem Bauch hat er plötzlich ein Gefühl, das sich ganz groß und warm anfühlt.

10.

Slæbetov und FKK

Auf dem Rückweg zum Traktor suchen sie überall nach Essbarem: Sie pflücken wilde Erdbeeren, saugen Nesselblüten aus und kauen Sauerampfer von der Wiese. Papa hat Finn gezeigt, wie man die Blätter erkennt. Sie sind spitz und länglich und sie schmecken wirklich sauer. So sauer, dass Finn und Jola ihre Gesichter verziehen und Grimassen schneiden. Aber sie können noch so viel davon essen, der Hunger bleibt.

»Warum gibt es eigentlich keine Pflanze, an der Brötchen mit Butter und Kirschmarmelade wachsen?«, fragt Jola.

»Oder Schokocroissants«, sagt Finn.

»Ja, genau«, sagt Jola, »das wäre viel praktischer, als jedes Mal zum Bäcker zu gehen. Man müsste einfach nur in den Garten und sie pflücken.«

»Oder auf den Balkon«, sagt Finn und denkt an die Tomaten, die Mama dort immer anpflanzt. Und sofort bekommt er ein bisschen Heimweh.

»Was machen wir denn jetzt?«, fragt er.

»Na, erst mal machen wir den Trecker wieder flott«, sagt Jola. »Und dann fahren wir zur nächsten Bäckerei und kaufen uns Schokocroissants. So viel wir für 15 Euro kriegen!«

Finn findet den Plan gut - und freut sich schon auf den Berg aus Schokocroissants.

Bei dem Traktor angekommen müssen sie leider feststellen, dass die Sache bei Tageslicht nicht besser aussieht als am Vorabend. Die Vorderräder stecken tief im Graben fest, das Heck ragt schräg in die Höhe. Jola legt sich flach auf den Bauch und schaut unter den Traktor. Das Fahrgestell liegt auf der Grabenkante auf. Der Abstand zwischen den in der Luft hängenden Hinterrädern und dem Boden ist etwa eine Hand breit. Finn überlegt: Der Traktor wird über die Hinterräder angetrieben. Wenn sie die Lücke zwischen den Rädern und dem Boden mit irgendwas füllen könnten, würden die Räder wieder greifen. Und dann könnten sie vielleicht einfach rückwärts aus dem Graben rausfahren. Jola nickt: »Gute Idee! Wir schaufeln einfach Erde in die Lücke und bauen für jedes Rad eine Rampe!«

Finn und Jola fangen an zu arbeiten. Sie rupfen Grasbüschel aus und legen die Erde darunter frei. Mit den bloßen Händen stopfen sie die krümeligen Brocken unter die Reifen. Obwohl der Spalt gar nicht so groß ist, braucht es eine Menge, um ihn zu füllen. Damit es schneller geht, sucht Finn zusätzlich nach großen Steinen und Ästen, die sie in die Rampen einbauen. Dabei müssen sie immer auch aufpassen, dass sie nicht entdeckt werden. Von der Polizei oder von Autofahrern, die die Polizei rufen könnten. Jedes Mal, wenn sie ein Fahrzeug kommen hören, unterbrechen sie die Arbeit und ducken sich schnell hinter die Strohrolle, bis es vorbeigefahren ist.

Endlich sind die Lücken unter den Reifen vollständig aufgefüllt. Stolz betrachten Finn und Jola ihr Werk. Sie sind völlig durchgeschwitzt, ihre Hände und Gesichter sind mit Erde verschmiert.

»Wie bei den alten Ägyptern«, sagt Finn. »Ich hab mal einen Film gesehen, da haben die die Pyramiden auch so gebaut: mit riesigen Rampen, auf denen sie die Steine hochgeschleift haben. Bis ganz hoch an die Spitze! Und dann haben alle gesagt: Ein Weltwunder.«

»Ganz genau! Und jetzt kommt unser Weltwunder!«

Jola klettert auf den Fahrersitz. Finn nimmt den Draht. Erst dreht der Motor leer, aber dann springt er an. Jola lässt ihn einmal im Leerlauf aufheulen, dann legt sie den Rückwärtsgang ein und lässt die Kupplung ganz vorsichtig kommen. Die Hinterräder beginnen sich zu drehen, werden immer schneller – und schleudern dabei die mühsam aufgehäufte Erde durch die Luft.

»Stopp«, schreit Finn.

Jola geht vom Gas.

Finn spuckt aus. Ein Teil der Erde ist mitten in seinem Gesicht gelandet. Von den kunstvoll gebauten Rampen ist nicht mehr viel übrig.

»Das war leider kein Weltwunder«, sagt er und wischt sich den Dreck mit dem Jackenärmel ab.

»Weltwunder Kackflunder.« Jola lässt enttäuscht die Schultern hängen. »Die ganze Arbeit umsonst.«

Ausgerechnet jetzt kommt von der Straße auch noch das Geräusch eines sich nähernden Autos. Finn und Jola haben den Wagen zu spät bemerkt. Ein weißes Wohnmobil. Der Fahrer hat sie offensichtlich schon gesehen, setzt den Blinker und bremst. Der Wagen biegt in den Feldweg ein und rollt direkt auf sie zu. Finn und Jola schauen sich unschlüssig an: Was tun? Abhauen oder erst mal abwarten?

Das Wohnmobil hält kurz vor ihnen auf dem Feldweg. Die Türen gehen auf und ein Mann und eine Frau steigen aus.

»Hej, har ni brug for hjælp?«, fragt der Mann, der schon etwas älter ist. Ein grauer Haarkranz rahmt seine braun gebrannte Glatze, auf der eine Sonnenbrille sitzt wie eine große schwarze Fliege.

Finn und Jola stehen mit offenen Mündern da und kriegen kein Wort heraus, woraufhin der Mann noch mal fragt: »Broggt ihr Hilf?«

»Vi habbe æn slæbetov«, sagt die Frau und deutet auf den

Traktor. Auch ihre Haare sind grau und zu einem kleinen palmenförmigen Zöpfchen hochgebunden, das oben auf ihrem Kopf hin und her wackelt wie eine Antenne.

Finn und Jola stehen immer noch stumm da.

Nicht, weil sie nicht verstehen, was die beiden Alten sagen. Sondern, weil sie kaum glauben können, was die beiden anhaben.

Nämlich: NICHTS.

Die beiden sind NACKT bis auf die Sandalen an ihren Füßen. Also RICHTIG nackt, sodass man ALLES sehen kann. Und scheinbar macht es ihnen auch GAR NICHTS aus. Sie stehen einfach so da, als sei es die normalste Sache der Welt.

Die Frau lächelt Finn und Jola an und macht eine Geste, als zöge sie an einem Seil.

Dazu sagt sie wieder: »Slæbetov.«

Jola, die als Erste aus der Erstarrung erwacht, spricht langsam nach:

»Släh-be-touh?«

Der Mann öffnet eine Klappe an dem Wohnmobil, holt ein zusammengerolltes Abschleppseil heraus und hebt es hoch:

»Slæbetov.«

Nun findet auch Finn die Sprache wieder und nickt:

»Slähbetouh.«

»Ja, ja«, sagt der Mann freudig, geht mit dem Seil zum Traktor und befestigt das eine Ende an dessen Rückseite.

Dann geht er zurück zu dem Wohnmobil, wo die Frau schon das andere Ende festgemacht hat. Sie wendet sich lächelnd an Finn und Jola, macht mit den Händen eine Rückwärtsbewegung und sagt:

»Geh bedder æn bit surugg.«

Finn und Jola treten ein Stück zurück. Der Mann steigt in das Wohnmobil und setzt sich auf den mit einem Handtuch bedeckten Fahrersitz. Die Frau stemmt die Hände in die Hüften und stellt sich zwischen die beiden Fahrzeuge:

»Meget langsomt, ja?«, ruft sie ihrem Mann zu.

Der nickt und startet den Motor. Er legt den Rückwärtsgang ein und setzt ganz langsam zurück. Das Seil spannt sich.

Die Frau macht mit der Hand eine kreisende Bewegung in der Luft.

»Langsomt ...«

Der Mann gibt langsam Gas. Das Wohnmobil zieht mit immer lauter heulendem Motor an dem Seil. Einen Moment lang sieht es so aus, als würde nichts passieren. Doch dann kommt Bewegung in den Traktor. Langsam senkt sich das hintere Ende. Das Fahrgestell schabt knirschend über die Erdkante. Die Hinterräder greifen. Und die Vorderräder tauchen wieder aus dem Graben auf. Schließlich steht der Traktor da wie eine Eins. Mit allen Rädern auf dem Boden und fahrbereit!

Die Frau strahlt Finn und Jola zufrieden an und macht beide Daumen hoch. »Fantastiskt!«

Der Mann steigt wieder aus dem Wohnmobil und schüttelt Finn und Jola die Hände. »Virkelig fantastiskt!«

Finn und Jola bedanken sich.

Finn sagt: »Thank you very much.«

Jola sagt: »Slähbetouh – very good!«

Der Mann nickt – »Det var virkelig simpelthen« – und macht sich daran, das Seil wieder einzurollen.

Die Frau breitet die Arme aus und deutet eine Schwimmbewegung an. »Vi volle gerne svømme und sogge æn Sø her in der Næhr.«

Swömme? – Finn und Jola machen ebenfalls Schwimmbewegungen, nicken und deuten dann Richtung Wald.

»Söh«, sagt Jola, »zöm swömme!«

Die Frau nickt strahlend: »Zom svømme, ja!«

Der Mann, der das Seil wieder im Wohnmobil verstaut hat, nickt ebenfalls und schüttelt ihnen noch mal die Hand.

»Tak tak! Und god rejse!«

Die beiden steigen wieder ein. Die Frau winkt durch die Windschutzscheibe, während der Mann das schaukelnde Wohnmobil vorsichtig auf die Straße zurück steuert, um dann Richtung Wald weiterzufahren.

Finn und Jola, die die ganze Zeit an sich gehalten haben, schauen sich an und nun platzt es aus ihnen heraus.

»Die waren ganz nackt!«, sagt Finn.

Jola lacht los. »Slähbetouh Slähbetouh Slähbetouh!«

»Auf dem Nummernschild stand DK«, japst Finn. »Das waren echte Dänen.«

Finn und Jola sitzen wieder auf dem Traktor, der wie ein geölter Blitz die Straße entlangtuckert. Na ja, ›Blitz‹ ... – so schnell man eben mit 25 Ka-Em-Ha tuckern kann. Finn sitzt neben Jola, die steuert.

»Meinst du, die Dänen sind immer ganz nackig?«, fragt er.

Jola überlegt. »Am FKK-Strand sind auch immer alle nackig ...«

»Ja«, sagt Finn, »da schon. Aber nicht beim Autofahren. Oder beim Einkaufen oder so.«

Jola kichert wieder.

»Ziemlich komisch, wenn dabei alles immer so rumschlackert ...«

Finn nickt. »Voll peinlich!«

Jola fährt mit dem Traktor Schlangenlinien und ruft dazu:

»Bimmel-Pimmel, ding-dong, Bommel-Busen, schwing-schwong ...!«

Finn hält sich mit beiden Händen am Sitz fest, um nicht runterzufallen, und schreit: »Hey, pass auf ...«

»Wieso? Macht doch Spaß!«, ruft Jola und dreht das Lenkrad noch schneller hin und her: »Pimmel-Bommel, Bimmel-Busen, Huschi-Muschi ... «

Auf einmal beginnt der Motor zu stottern und der Traktor verliert an Fahrt.

»Manno, was hast du gemacht?«, schreit Jola.

»Ich hab nichts gemacht!«, sagt Finn.

Jola tritt verwundert auf das Gaspedal. Aber der Motor röchelt nur und geht dann schließlich ganz aus.

Finn rollt die Augen. »Bestimmt hat dein Gewackel den Motor aus dem Takt gebracht.«

Er steigt ab und hält den Draht an den Anlasser. Der Motor rödelt kurz, springt aber nicht an. Auch nicht beim zweiten und dritten Versuch.

»Vielleicht ist der Sprit alle«, sagt Jola.

Finn sucht nach dem Tankdeckel und schraubt ihn ab. Aus dem Stutzen steigt ihm ein scharfer Geruch in die Nase. Er hält die Luft an und linst in die Öffnung.

»Ich seh da nix«, sagt er und seufzt. »Dann müssen wir jetzt wohl weiterlaufen. Na toll, so kommen wir nie nach Berlin.«

»Warte doch mal«, Jola ist auf die Motorhaube des Traktors geklettert und schaut sich mit der Hand über den Augen um. »Bestimmt gibt es hier irgendwo eine Tankstelle in der Nähe.«

»Siehst du eine?«, fragt Finn.

Jola schüttelt den Kopf. »Nee, aber wenn wir die Straße langgehen, muss ja irgendwann eine kommen.« Sie springt von der Motorhaube runter.

»Hoffentlich haben die da auch was zu essen«, sagt Finn.

»Logo«, sagt Jola. »In Tankstellen gibt es immer was zu essen. Vor allem Schokocroissants!«

11.

Das Ding mit den fossilen Brennstoffen

Finn und Jola laufen mindestens schon eine halbe Stunde an der Straße entlang, ohne dass eine Tankstelle kommt. Die Frage, ob sie es je nach Berlin schaffen werden, lässt Finn nicht los und beunruhigt ihn. Vielleicht sollte er einfach den nächsten Erwachsenen, den sie treffen, fragen. Bestimmt hat der ein Handy. Und dann könnte er zu Hause anrufen – und Mama oder Papa würden sofort kommen und ihn abholen. Aber was passiert dann mit Jola? Was ist mit ihrer Familie?

Er fragt Jola, ob sie sich gut mit ihrer älteren Schwester versteht. Finn selbst hat sich nämlich immer einen Bruder gewünscht, oder auch eine Schwester, auf jeden Fall noch ein Kind. Eigentlich findet Finn, dass es in jeder Familie mindestens genauso viele Kinder geben sollte wie Erwachsene. Damit es fair ist. Vor allem bei Abstimmungen, was gemacht wird, und so.

»Na ja«, sagt Jola, während sie weitertrotten, »als Malwina noch bei uns gewohnt hat, haben wir uns oft gezofft.

Aber jetzt fehlt sie mir schon. Darum will ich sie ja auch besuchen.«

Finn versteht. »Deswegen willst du nach Berlin.«

»Unter anderem«, sagt Jola. »Malwina hat eh nie Zeit. Sie muss sich ja um die Leute im Altenheim kümmern. Waschen, Anziehen, Füttern und so. Die können das nicht mehr selber machen, weil sie so verwirrt sind.«

»Das kenn ich«, sagt Finn. »Meine eine Oma ist auch im Heim. Obwohl sie es gar nicht wollte. Sie sagt immer, es riecht da so eklig. Nach vollgepullerten Windeln.«

»Echt krass«, sagt Jola, »dass Erwachsene Windeln brauchen ... Malwina sagt, die sind wieder wie Babys, nur nicht so süß. Malwina ist immer total etepetete ... sie redet dauernd über Kosmetik, Schminken, Mode und so.«

»Wie doof«, sagt Finn.

»Ja«, sagt Jola. »Das macht die Pubertät. Ich durfte ihr Zimmer nicht mehr betreten, weil ich angeblich zu dreckig bin und stinke.«

»Ich finde nicht, dass du stinkst«, sagt Finn. »Im Gegenteil.«

Jola nickt. »Deswegen mach ich da auch nicht mit bei der Pubertät. Ich hab keine Lust, mir ständig die Fingernägel anzumalen oder mich mit Deo anzusprühen ...« Sie schaut Finn fragend an. »Hast du dich schon mal mit Deo angesprüht?«

Finn schüttelt den Kopf. Das Einzige, was er mal mit Deo

angesprüht hat, war die Türklinke vom Klassenzimmer. Carlo hatte die Spraydose in der Umkleide gefunden. Und im Deutschunterricht hat Frau Henschke-Pohl dann immer gefragt, wer heute denn so wunderbar duftet, dabei waren es ihre eigenen Hände, die so gerochen haben.

»Was glaubst du?«, fragt Finn nachdenklich. »Wie viel Sprit haben wir mit dem Traktor bisher wohl verbraucht?«

»Keine Ahnung«, sagt Jola. »Warum willst du das denn wissen?«

»Wegen dem Klimakollaps«, sagt Finn.

Das hat ihm Papa nämlich auch erklärt. Dass es auf der Erde nur eine begrenzte Menge an fossilen Brennstoffen gibt. Also Erdöl und so. Daraus macht man dann Benzin und ganz viele andere Sachen. Und das Benzin wird im Motor verbrannt, damit man fährt. Und die Abgase kommen dann zum Auspuff raus. Das Doofe ist nur, dass die Abgase nicht gut sind für die Umwelt. Sie verpesten die Luft und machen, dass es immer wärmer wird auf der Erde.

»Ich mags, wenn es warm ist«, sagt Jola.

»Ich auch«, sagt Finn. »Aber wenn es immer wärmer und wärmer wird, werden die Wüsten immer größer und die Eisberge immer kleiner. Und dann läuft das Meer irgendwann über und überflutet alles.«

»Das ganze Land? Das wär ja scheiße«, sagt Jola.

Finn nickt. »Deswegen hat Papa sich auch ein Lastenfahr-

Finns Papa ist Koch und macht die besten Tofubuletten der Welt.

Finn ist genervt, dass sein Vater nur seine Arbeit im Kopf hat.

Finn muss zum Bahnhof, um zu seiner Mutter zurückzufahren.

Finns Papa streitet sich am Telefon mit Finns Mama.

Finn fährt das erste Mal alleine mit dem Zug.

Als Finn sein Rucksack geklaut wird, glaubt die Schaffnerin ihm nicht.

Finn muss an der nächsten Haltestelle aussteigen. Dort wartet schon die Polizei.

Finn hofft, dass auf der Bierdose Fingerabdrücke sind, um den Dieb zu entlarven.

Kannawoniwasein! Auf dem Weg zur Wache baut die Polizei einen Unfall.

Finn haut ab, zusammen mit Jola, die er gerade kennengelernt hat.

Die beiden verstecken sich in einer Mülltonne und entkommen so der Polizei.

ola ist überzeugt, dass sie die Reise alleine schaffen.

inn würde gerne seine Mutter anrufen, doch sein Handy war in dem geklauten
ucksack.

Finn und Jola suchen nach einer Möglichkeit zu telefonieren.

Unterwegs finden sie einen alten Traktor und kriegen ihn allein wieder flott.

Jola und Finn wollen mit dem Traktor bis ans Ziel fahren.

Unterwegs halten sie an einer Bude, um sich etwas zu essen zu besorgen.

Jola setzt ihren ganzen Charme ein.

Leider geht den Kindern unterwegs der Sprit aus.

Finn und Jola machen sich auf die Suche nach einer Tankstelle.

Unterwegs lernen sich die beiden immer besser kennen und werden richtig gute Freunde.

Finn und Jola machen Autostopp und werden ein Stück vom »Alten Fritz« mitgenommen.

Auf ihrem Weg stoßen Finn und Jola auf eine Rockerbande und auf Heiko, der Finn im Zug beklaut hat.

Finn und Jola fordern von der Rockerpräsidentin und Heiko den Rucksack zurück – ohne Erfolg.

Nachdem Finn und Jola den Rucksack zurückgeklaut haben, sind die Rocker hinter ihnen her: Im Rucksack ist die wertvolle »Rockerkutte«.

Finn und Jola sind in der Klemme. Sie geben der Rockerpräsidentin die Kutte zurück.

Die Rockerpräsidentin bedankt sich. Finn und Jola werden am Ende von den Rockern bis zu ihrem Ziel gefahren.

rad gekauft und fährt nur noch ganz selten mit dem Auto. Und er fliegt auch nicht mehr mit dem Flugzeug.«

Jola seufzt. »Ich würde am liebsten jede Ferien wegfliegen. Immer woanders hin. Bis ich die ganze Welt gesehen habe. Aber wir fahren immer nur nach Polen.«

»Aber wenn alle Menschen immer auf der ganzen Welt rumfliegen, kommt der Klimakollaps richtig schnell.«

Eine Weile läuft Jola nachdenklich neben Finn. Dann sagt sie: »Vielleicht ist das ja gar kein Kollaps, sondern einfach etwas Neues. So wie mit den Dinosauriern. Die sind ja auch ausgestorben und dann kamen die Menschen.«

»Ich will aber nicht aussterben«, sagt Finn. »Auf jeden Fall jetzt noch nicht.«

Hinter ihnen ertönt ein Dröhnen, das immer lauter wird. Finn und Jola drehen sich um. Das Geräusch kommt von einer Gruppe Motorräder. Als die Maschinen näher kommen, sehen Finn und Jola, dass lauter schwarz gekleidete Männer mit Bärten und tätowierten Armen darauf sitzen. Ohne eine Miene zu verziehen, donnern sie auf sie zu wie ein Schwarm riesiger Insekten. Das Knattern ist so laut, dass Finn sich die Ohren zuhält, bis sie an ihnen vorbeigefahren sind. Jola schaut der Gruppe hinterher.

»Mit so einem Ding würd ich auch gerne mal fahren.«

»Hmmm«, sagt Finn. »Ich glaube, das waren Rocker. Die können richtig gefährlich sein. Mit Bandenkriegen und so.«

»Aber cool ist es trotzdem.«

Sie laufen weiter und hinter der nächsten Kurve taucht in der Ferne etwas auf, das wie eine Tankstelle aussieht. Endlich, juhu!

»Wer als Erster da ist«, ruf Jola und rennt los. Finn hinterher. Aber wieder ist Jola schneller. Als Finn bei der Tankstelle ankommt, steht sie schon vor dem Kassenhäuschen und guckt durch die Scheibe ins Innere.

»Yes!«, sagt sie mit leuchtenden Augen. »Schokocroissants!«

Finn und Jola gehen in das Häuschen hinein. Neben der Kasse ist eine Vitrine, in der belegte Brötchen und Croissants liegen. Dahinter steht ein schlaksiger Mann und sortiert Zigarettenpackungen in ein Regal.

»Hallo«, grüßt Jola. »Wir möchten was kaufen.«

Der Mann dreht sich um und sieht Jola und Finn mit blassblauen Augen an. »Was denn?«

»Benzin«, sagt Jola.

»Und zwei Schokocroissants«, sagt Finn.

»Wofür braucht ihr denn Benzin?«, fragt der Mann. Eigentlich ist er eher ein Jugendlicher. Er hat einen fusseligen Flaum im Gesicht und ganz viele Pickel.

Jola lächelt ihn an. »Für unseren Trecker.«

»Dann meinst du wohl Diesel.«

»Ja, Diesel.«

»Dann sag doch auch Diesel«, sagt der Pickelmann und schaut durch die Scheibe nach draußen. »Ich seh keinen Trecker.«

»Ja«, sagt Jola. »Er ist auch nicht hier.«

»Wo dann?«

Jola deutet die Straße hinunter. »Da hinten ... bei unseren Eltern«, flunkert sie. »Das Benzin ist ausgegangen. Also das Diesel. Deswegen brauchen wir neues.«

»Hmmm.« Pickelmann mustert sie von oben bis unten. »Und das schütt ich euch jetzt in die Hosentaschen, oder was?«

»Nee.« Jola schüttelt den Kopf. »Hier gibts doch bestimmt auch so Dinger.« Sie macht mit den Händen eine umfassende Geste.

»Was für Dinger?«, sagt Pickelmann.

Besonders hilfsbereit ist er nicht, denkt Finn. Er zeigt auf ein Regal, in dem mehrere Kanister stehen, und sagt: »Reservekanister.«

»Dann sag doch auch Reservekanister«, sagt Pickelmann und nimmt einen. »Kostet fünf neunundneunzig.«

»Und da ist das Diesel schon mit drin«, sagt Jola.

Der Pickelmann macht: »Pffff« und schüttelt den Kopf. »Nee, das kostet natürlich extra. Übrigens heißt das *der* Diesel.«

»Und wie viel extra?«, fragt Finn.

»Kommt drauf an, wie viel ihr tankt«, sagt Pickelmann. »Ein Euro, elf Cent der Liter.«

»Und wie viel tankt man so ... für ungefähr 50 Kilometer?«, fragt Jola.

»Müsst ihr schon selbst wissen.« Pickelmann zuckt genervt mit den Schultern. »Fünf Liter ... zehn Liter ...«

Finn rechnet: Der Kanister plus fünf Liter Diesel kosten zusammen elf Euro und 54 Cent.

»Alles klar.« Jola nimmt den Kanister vom Tresen und marschiert damit zur Tür. Finn folgt ihr.

»Wenn wir fünf Liter tanken, bleiben uns noch drei Euro und 46 Cent für die Croissants,« sagt er, als sie draußen sind.

»Ellro Podellro!«, sagt Jola und hüpft gut gelaunt auf die Zapfsäule mit der Aufschrift Diesel zu.

»Du sagst Stopp«, sagt sie, nimmt die Zapfpistole und steckt sie in den Kanister.

Finn nickt und Jola drückt den Hebel. Der Kanister füllt sich, die Anzeige an der Säule läuft. Und zwar ziemlich schnell. So schnell, dass man die Zahlen kaum erkennen kann: Ein Liter ... zwei ... drei ... vier ... fünf ...

»Stopp!«, ruft Finn. »STOPP!«

Jola lässt den Hebel los.

»Ups«, sagt sie, »bisschen zu viel.«

Die Anzeige an der Säule zeigt über neun Liter für zehn Euro und 23 Cent an. Dafür langt ihr Geld nicht. Finn schaut zum Kassenhäuschen, wo Pickelmann sie durch die Scheibe misstrauisch beobachtet.

»Und was machen wir jetzt?«

Jola schraubt den Kanister zu.

»Wir könnten einfach damit abhauen«, sagt sie.

»Du meinst: Klauen!?« Finn wird bei dem Gedanken unwohl. Er hat noch nie geklaut. Okay, mal ein paar von den Schokoladeneiern, die Mama oben im Kleiderschrank versteckt hatte. Aber die waren ja eh für ihn, nur eben erst an Ostern. – Aber wenn sie jetzt mit dem Kanister abhauen, machen sie ja eigentlich genau das Gleiche, was Hackmack mit Finns Rucksack gemacht hat. Und das wäre dann auch total fies. Doch bevor er etwas sagen kann, seufzt Jola schon:

»Nee, keine gute Idee. Wir brauchen ja auch noch was zu essen.«

Sie gehen wieder in das Kassenhäuschen und Finn ist ein bisschen nervös. Pickelmann tippt in die Kasse und sagt:

»Sechzehn Euro zweiundzwanzig.«

Jola legt die fünfzehn Euro auf den Tresen.

»Und zwei Schokocroissants brauchen wir noch.«

Pickelmann schaut auf das Geld.

»Das reicht nicht.«

Jola nickt. »Ja, da ist bisschen zu viel aus dem Zapfdings rausgekommen. Mehr Geld haben wir leider nicht.«

Pickelmann macht wieder »Pfff«.

»Wie stellt ihr euch das vor?!«

»Na ja ...« Jola lächelt ihn an. »Wir könnten ja wieder was umtauschen ... von dem Diesel ...«

»Nee, können wir nicht«, sagt Pickelmann.

»Aber«, sagt Jola, »man kann immer umtauschen, was man gekauft hat.«

Finn ergänzt: »Solange man es noch nicht benutzt hat.«

Pickelmann schaut sie genervt an. »Mir reichts jetzt mit euch Kasperköppen. Nehmt euren Scheiß und verschwindet!«

Er grapscht die fünfzehn Euro und stopft sie in die Kasse.

»Wir wollen aber auch noch Schokocroissants«, sagt Jola.

»Das hättet ihr euch vorher überlegen müssen«, sagt Pickelmann.

»Haben wir ja«, sagt Jola.

»Tja«, sagt Pickelmann. »Ohne Geld keine Ware.«

»Deswegen wollen wir ja was umtauschen«, sagt Jola beharrlich.

Pickelmann kriegt jetzt noch mehr Pickel.

»Mann, wie oft denn noch«, stöhnt er. »Das geht nicht.«

»Wieso«, sagt Jola, »wir können das, was zu viel ist, doch wieder rausgießen.«

»Scheiße, nein!«, schreit Pickelmann und sein Kopf wird ganz rot. »Hau endlich ab! Sonst baller ich dir noch eine!«

Finn schaut Jola an. Er will lieber gehen, bevor Pickelmann völlig ausrastet, aber Jola verschränkt die Arme und bleibt stehen.

»Zwei Schokocroissants«, sagt sie. »Oder ich will das Geld zurück und du kannst deinen Diesel behalten. Ist eh besser, wenn wir weniger fossile Brennstoffe verbrauchen. Für die Eisberge. Und damit wir nicht so schnell aussterben und –«

»Au, Mann!«, unterbricht sie Pickelmann und es klingt fast, als würde er gleich losheulen. Er nimmt zwei Schokocroissants aus der Vitrine, stopft sie in eine Tüte und knallt sie Jola hin. »Bist du jetzt zufrieden?!«

Ja, Jola ist sehr zufrieden. Sie haben die Tankstelle kaum hinter sich, da öffnet sie schon die Tüte, holt die Croissants raus und hält Finn eins hin. Heißhungrig beißen sie hinein.

»Das hätt ich echt nicht gedacht«, sagt Finn und dreht sich noch mal zu dem Kassenhäuschen um, aus dem der junge Mann ihnen ganz komisch hinterherstarrt, fast so, als hätte er ein bisschen Angst vor ihnen.

Jola nickt kauend. »Manchmal muss man einfach hart bleiben. Wojciech macht das auch immer so und kriegt am Ende alles.«

»Ein bisschen tut mir der Mann auch leid«, sagt Finn. »Aber nur ein bisschen …«

»Mir gar nicht«, sagt Jola. »Er war total unfreundlich. Eigentlich hätt ich vier Croissants verlangen sollen!«

»Von mir aus auch sechs«, sagt Finn und schiebt sich den letzten Zipfel des Croissants in den Mund.

Der Rückweg kommt ihnen viel kürzer vor als der Hinweg. Abwechselnd tragen sie den Kanister, in dem der Diesel bei jedem Schritt hin und her schwappt. Als sie die letzte Kurve erreicht haben, hören sie plötzlich Stimmen. Es sind nur noch knapp 50 Meter bis zu der Stelle, wo sie den Traktor haben stehen lassen.

»Oh, nee!«, sagt Finn.

Neben dem Feldweg parkt ein Polizeiauto am Straßenrand. Ein Beamter läuft um den Traktor herum. Und Finn erkennt die Stimme sofort.

»Also normal is dit nich.« Sie gehört dem runden Polizisten. »'ne Zulassung hatta nich und eijentlich is dit ja 'n Olteima …«, piepst er und schaut kopfschüttelnd zu seiner langen Kollegin, die neben dem Polizeiauto steht und telefoniert.

»Schleppi is gleich da«, sagt sie.

Jola zieht Finn schnell von der Straße weg in die Büsche. »Die dürfen uns nicht sehen!«

Aber die Polizisten sind viel zu sehr mit dem Traktor beschäftigt. Aus der Ferne nähert sich ein Motorengeräusch und die Lange und der Runde schauen in die Richtung, aus der jetzt ein gelber Abschleppwagen angefahren kommt.

Aus den Büschen beobachten Finn und Jola, wie der Abschleppwagen hält. Der Fahrer steigt aus und palavert kurz mit den Polizisten. Dann steigt er wieder ein, fährt rückwärts in den Feldweg, stoppt hinter dem Traktor und senkt die Laderampe ab. Er befestigt ein Seil am Traktor und zieht ihn mit einer Winde hinten auf den Abschleppwagen.

»So eine Gemeinheit«, sagt Jola. »Die klauen einfach unseren Belarus!«

Der Fahrer und die Lange tauschen noch ein paar Papiere aus. Dann rollt der Abschleppwagen mit dem Traktor huckepack zurück auf die Straße und fährt wieder in die Richtung, aus der er gekommen ist. Die Polizisten steigen in ihr Auto und folgen.

Finn und Jola kommen aus den Büschen.

»Wie gewonnen, so zerronnen«, sagt Finn und hält den Reservekanister hoch.

Jola nickt schlecht gelaunt. »Alles umsonst!«

»Was machen wir jetzt?« Finn schaut sie unsicher an.

»Woher soll ich das denn immer wissen?«, faucht Jola ihn an.

»Musst du gar nicht«, sagt Finn. Er ist ein bisschen beleidigt. Bloß weil sie Pech hatten, muss Jola ihn ja nicht gleich so anfahren.

12.

Der Alte Fritz im Elefantenrollschuh

Dicke Luft. Finn schaut schweigend auf seine Fußspitzen. Jola hat die Hände tief in die Hosentaschen versenkt. Dabei gibt es doch eigentlich gar keinen Grund, so sauer zu sein, denkt Finn. Klar ist es doof, dass sie den Diesel umsonst geholt haben und sie nicht mit dem Traktor weiterfahren können. Aber dann finden sie eben einen anderen Weg.

Finn überlegt. Als Papa und er einmal mit dem Auto nach Berlin gefahren sind, haben sie zwei Anhalterinnen gesehen. Mit einem selbst gemalten Schild in der Hand. Darauf stand »Berlino«. Die beiden hatten ganz bunte Sachen an und in ihren Haaren waren kleine Zöpfe mit Perlen drin. Papa hatte gesagt: »Guck mal, zwei Hippie-Bräute. Sollen wir die mitnehmen?« Finn war eigentlich dagegen gewesen, weil sie die Hippie-Bräute ja gar nicht kannten. Aber weil es geregnet hat, hatte Papa Mitleid und hat trotzdem angehalten: »Dann lernen wir sie eben kennen. Ist doch interessant!« Aber dann konnten die beiden nur Englisch und Italienisch sprechen und Finn verstand kein Wort außer »Berlino«, was das italienische Wort für Berlin ist, und »dog«, was das englische Wort für Hund ist. Sie hatten nämlich auch einen Hund, der aber hinter einem Busch versteckt war, bis sie ihn hervorgeholt haben. Der Hund war ein Riesenschnauzer, sein Fell war vom Regen ganz nass und er roch sehr streng. Und Papa war erst gar nicht begeistert, aber dann hat er gesagt: Okay, der Hund kann auch mit. Die beiden Tramperinnen saßen dann mit dem Hund hinten im Auto und haben kein Wort gesagt. Dafür hat der Hund gestunken und den Sicherheitsgurt zerbissen. Und als die Tramperinnen am Alexanderplatz ausgestiegen sind, hat Papa erst mal alle Fenster aufgerissen, um das Auto zu lüften.

Finn hebt den Kopf und schaut Jola an, die immer noch schlecht gelaunt vor sich hin brütet.

»Wir könnten vielleicht Autostopp machen. Ich weiß, wie das geht.«

»Ich weiß auch, wie das geht«, sagt Jola mürrisch.

»Wir brauchen nur ein Schild, auf das wir ›Berlin‹ schreiben.« Finn denkt laut nach. »In meinem Rucksack wär ein Kuli ...«

Jola pustet ihre Haare aus den Augen und zieht die Hände aus den Taschen.

»Aber leider ist dein Rucksack mit dem Kuli weg und wir haben auch kein Geld mehr, um irgendwas zu kaufen.«

»Dann finden wir eben was«, sagt Finn. Mama hat immer gesagt, dass er auch deswegen FINN heißt, weil er so ein großer SachenFINNder ist. Schon als Kind hat er immer lauter Sachen gefunden, die andere verloren haben. Einmal sogar einen Fotoapparat, auf dem waren ganz viele Bilder. Aber den hat Mama im Fundbüro abgegeben und dafür hat Finn dann 20 Euro FINNderlohn bekommen.

Finn schaut sich suchend auf dem Grasstreifen neben der Straße um. Er muss nur ein paar Schritte gehen, schon findet er eine alte Flasche, zwei verrostete Bierdosen, eine zerrissene Strumpfhose, zwei leere Pizzakartons, eine zerbrochene Radkappe. Es ist wirklich krass, was die Leute alles wegschmeißen, wenn sie mit dem Auto fahren. Finns Blick fällt auf einen kleinen roten Gegenstand im Gras. Er bückt sich und hebt ihn auf. Ein Feuerzeug!

Finn hält es ins Licht. Es ist noch Gas drin und als er es ausprobiert, kommt tatsächlich eine Flamme raus. Finn dreht sich zu Jola um. »Ich weiß, wie wir es machen!«

Jola kommt neugierig näher.

Finn nimmt einen trockenen Ast und zündet ihn mit dem Feuerzeug an. Als er richtig schön brennt, wedelt er ihn ganz schnell durch die Luft, bis die Flamme ausgeht. Er hält die verkohlte Spitze hoch.

»Das ist unser Stift«, sagt er und zeigt auf die leeren Pizzakartons. »Und daraus machen wir unser Schild.«

Jola nickt anerkennend.

»Ganz schön schlau.« Ihre schlechte Laune ist verflogen. Während sie den Karton hält, schreibt Finn mit der Kohle BERLIN auf die Innenseite. Jola macht dann noch drei Ausrufezeichen dahinter. Damit klar ist, dass es dringend ist.

Auf den anderen Pizzakarton schreiben sie ZU VERSCHENKEN!!! Und stellen ihn dann zusammen mit dem Kanister an den Straßenrand. Wegen der fossilen Brennstoffe, die bestimmt noch jemand brauchen kann.

Mit dem BERLIN-Schild gehen Finn und Jola dann weiter an der Straße entlang, bis zu einer Stelle, wo sie die Autos schon von Weitem sehen können. Und immer, wenn eins angefahren kommt, strecken sie die Daumen raus, schreien und winken mit dem Pizzakarton und den drei Ausrufezeichen. Aber die Autofahrer tun einfach so, als wären Finn und Jola unsichtbar.

Als der vierte Wagen, ohne zu bremsen, an ihnen vorbeirast, reicht es Jola. Sie wedelt mit der Faust und schreit dem Auto laut »Kackschüssel!« hinterher. Finn reckt ebenfalls die Faust und schreit noch ein »Pisskiste!« dazu.

Und dabei muss er sofort daran denken, wie er und Mama in Kitzbühel waren. Da war er acht und hat einen Skikurs gemacht. Und in dem Kurs war Melvin. Melvin war der Kleinste und Jüngste von ihnen. Er hatte die coolsten Klamotten und behielt seine Basecap sogar unter dem Skihelm an. Melvin hatte es voll mit Ausdrücken. Wenn einer beim Pflug-Üben hinfiel und auf dem Bauch über den Schnee rutschte, schrie er: »Guckt euch den Spast an!« Als Finn einmal aus dem Lift flog, lachte Melvin sich halb tot: »Voll der Homo!« Eigentlich waren für Melvin alle »Spasten«, »Homos«, »Opfer« oder »Oberficker«, aber das war dann schon eher ein Kompliment.

Irgendwann hat dann Günni, der Skilehrer, ein ernstes Wort gesprochen: »Weißt du«, hat er zu Melvin gesagt, »das mit den Ausdrücken ist nicht schön. Du verletzt die Gefühle von anderen Menschen.« Melvin hat das aber nicht verstanden und hat gesagt: »Häh, mach ich doch gar nicht!«

»Doch«, hat Günni gesagt. »Du sagst ›Spast‹ zu anderen. Und das ist eine diskriminierende Bezeichnung.«

Melvin hatte keine Ahnung, was diskrimi-dingsbums heißt, und war sich keiner Schuld bewusst. »Wieso denn ... Spast ist doch voll okay ...«

Daraufhin sah Günni Melvin mit seinem scharfen Skilehrer-Blick an.

»Weißt du eigentlich überhaupt, was ein ›Spast‹ ist?«

Natürlich wusste Melvin das: »Ein kleiner Vogel.«

Jetzt guckte Günni ganz irritiert. Es war nämlich so, dass Melvin die ganze Zeit gedacht hatte, dass er alle als ›Spatz‹ und ›Spatzen‹ diskrimi-dingsbumst. Das Wort ›Spastiker‹ kannte er nämlich gar nicht und er wusste auch nicht, dass das Menschen mit einer Behinderung sind, die herabgewürdigt werden, wenn man ›Spast‹ sagt.

Das alles hat Günni damals Melvin erklärt und Finn hat zugehört, weil er es auch nicht wusste. Und danach hat er sich eine Weile gar nicht mehr getraut, irgendein Schimpfwort zu sagen. Nicht mal ›Arsch‹, ›Idiot‹ oder ›Furzi‹, weil er niemanden herabwürdigen wollte.

Aber jetzt finden er und Jola es voll in Ordnung, die Autos herabzuwürdigen, die einfach so an ihnen vorbeifahren. Für jedes neue erfinden sie ein eigenes Schimpfwort, das sie ihm hinterherschreien.

»Stinkschlitten!«

»Furzkutsche!«

»Scheißschleuder!«

»Arschmobil!«

»Kotzkarosse!«

Finn überlegt schon, was er als Nächstes brüllen soll, da leuchten bei der ›Kotzkarosse‹ die Bremslichter auf. Das Auto hält und setzt mit jaulendem Motor zurück.

Finn wirft Jola einen beunruhigten Blick zu: Hat der Fahrer die Beschimpfung gehört und macht jetzt Ärger?

Das Auto hält neben ihnen. Es ist so ein kleines, in das nur zwei Leute reinpassen. Carlo sagt immer ›Elefantenrollschuh‹ dazu. Das Fenster auf der Beifahrerseite surrt runter. Hinter dem Steuer sitzt ein Mann. Er sieht irgendwie komisch aus. Seine grauen Haare sind ganz lang und zu Locken gedreht. Dazu trägt er seltsam altertümliche Kleider: einen blau-roten Mantel, dazu eine gelbe Weste mit einem plüschigen Hemd darunter. Mukhtar schaut öfters so alte Filme. Die sind schwarz-weiß und da haben die Leute manchmal auch solche Kleider an. Und manchmal reden die in den Filmen auch gar nicht, weil das damals noch nicht ging im Film. Deswegen nennt man die ja auch Stummfilme.

Aber der Mann im Auto kann schon reden.

»Hallöchen«, sagt er. »Was macht ihr beiden Knirpse denn hier?«

»Autostopp«, sagt Jola.

Finn schaut auf den freien Sitz im Wagen. Darauf liegen ein langer Degen und ein dreieckiger schwarzer Hut. Finn guckt besorgt zu Jola. Vielleicht ist der Mann ja ein Kinderentführer oder so was!?

Der Kinderentführer runzelt die Stirn über seiner Kartoffelnase.

»Das ist aber gefährlich, so dicht hinter der Kurve zu trampen. Um ein Haar hätte ich euch zu spät gesehen und überfahren!«

»Wir passen schon auf«, sagt Jola.

Der Mann deutet auf den Pizzakarton in Finns Hand und schüttelt den Kopf, sodass die Locken über den speckigen Kragen seines Mantels wedeln.

»Außerdem steht ihr auf der falschen Straßenseite.« Er zeigt hinter sich. »Berlin ist da, wo ich herkomme.«

Finn, dem der Kinderentführer nicht geheuer ist, nickt schnell.

»Danke für den Hinweis. Dann gehen wir lieber mal rüber.«

Aber der komische Mann lässt wieder die Locken fliegen. »Papperlapapp«, sagt er. »Ich lass euch hier nicht stehen. Ihr seid von zu Hause ausgebüxt! Das seh ich euch an der Nasenspitze an.«

Er greift nach dem Hut und dem Degen und Finn ist sich sicher, dass er sie jetzt gleich aufschlitzen wird. Aber der Mann wirft den Degen nur hinter die Sitze, stülpt sich den Hut auf den Kopf und öffnet die Beifahrertür.

»Los, steigt ein.«

Finn schaut unsicher zu Jola. Er persönlich würde ja lieber auf ein anderes Auto warten, als mit einem verkleideten Kinderentführer mitzufahren. Aber der Kinderentführer scheint auch ein Gedankenleser zu sein, denn kaum hat Finn das gedacht, grinst er schon und sagt:

»Keine Angst: Ich bin kein Entführer oder so was. Und ich verpfeif euch auch nicht bei euren Eltern. Ich fahr euch nur zum nächsten Bahnhof. Und von da könnt ihr dann den Zug nach Berlin nehmen.«

Er klopft noch einmal auffordernd auf den Beifahrersitz.

»Ihr müsst halt bisschen zusammenrücken. Und wenn die Polizei kommt: Ducken! Sonst machen die noch Ärger, weil hier eigentlich nur ein Mitfahrer reindarf.«

Finn und Jola schauen sich immer noch skeptisch an. Der Mann bemerkt den Blick der beiden.

»Ah«, sagt er, als hätte er eine Erleuchtung. »Jetzt versteh ich. Ihr fragt euch, warum hat der Kerl nur so komische Klamotten an?«

Er patscht mit den Händen auf die gelbe Weste über seiner Brust.

»Das ist meine Arbeitskleidung.«

Er lüpft den dreieckigen Hut vom Kopf und deutet eine kleine Verbeugung an.

»Gestatten: Der Alte Fritz. Friedrich der Große. Fridericianus Rex oder König von Preußen. Ihr könnt aber auch Udo zu mir sagen.«

Er klatscht in die Hände. »Also: Wollt ihr jetzt hier Wurzeln schlagen oder mitfahren?«

Jola beugt sich zu Finn vor und flüstert ihm ins Ohr: »Ich glaub, der ist nicht ganz dicht, aber ungefährlich.«

Das Gefühl hat Finn allmählich auch.

Als sie sich auf den Beifahrersitz gequetscht und Udo den Sicherheitsgurt um sie beide geschlossen hat, kann die Fahrt losgehen. Udo gibt Gas und der Elefantenrollschuh schnurrt über die Landstraße. Die Alleebäume fliegen an ihnen vorbei. In den Kurven werden Finn und Jola aneinandergedrückt, sodass Finn ganz warm wird.

Er fragt Udo, was für eine Arbeit das ist als ›Alter Fritz‹.

Udo sagt, dass er da ein bisschen weiter ausholen muss.

»Also«, fängt er an, »stellt euch vor, der König von Preußen wär so eine Art Stadtführer. Für die Touristen, die nach Berlin kommen. Genau das mach ich nämlich: Ich bin der Alte Fritz und zeig denen quasi mein königliches Berlin: Brandenburger Tor, Reiterstandbild Unter den Linden, Neue Wache, Stadtschloss et cetera pp. ...«

»Häh«, unterbricht Jola, »der Alte Fritz ist doch schon lange tot.«

»Richtig«, sagt Udo. »Aber ich lass ihn quasi wiederauferstehen und schlüpfe in seine Rolle.«

»So wie Fasching?«, fragt Finn.

»So ähnlich«, sagt Udo.

»Wohnst du dann auch in dem Schloss?«, will Jola wissen.

Udo lässt wieder die Locken fliegen. »Nee, ich wohn ganz normal zur Miete, Zwei-Zimmer-Küche-Bad. – Aber ich hab auch einen Landsitz! Ist auch kein Schloss, nur ein kleines Ackerbürgerhaus in Lindow, das dringend mal renoviert werden muss. Wisst ihr, was das ist, ein Ackerbürgerhaus?«

Finn und Jola schütteln die Köpfe.

»Ein altes Bauernhaus. Tja, als Preußenkönig hab ich

mich immer schon für die Landwirtschaft interessiert. Die Kartoffel zum Beispiel. Die hab ich hier damals ja quasi per Befehl eingeführt.«

Das mit der Kartoffel hat Finn auch schon mal in der Schule gehabt. Eigentlich gabs die ganz früher nur in Amerika, bis irgendein Seefahrer sie nach Europa mitgebracht hat. Zum Glück, sonst gäbe es ja auch keine Pommes.

»Bestimmt heißen Pommes deswegen auch Pommes Fritz«, sagt Finn und Udo lacht.

»Ja. Wobei ›frites‹ genau genommen Französisch ist und ›frittiert‹ heißt.«

Jola hat sich von hinten den Degen gegriffen und zieht ihn ein Stück aus der Scheide.

»Der Alte Fritz ... das war doch der mit den ganzen Kriegen, oder?«

»Richtig, junge Dame«, sagt Udo. »Die Schlesischen Kriege und der Siebenjährige Krieg, die gehen auf mein Konto. Na ja, da hab ich mich nicht nur mit Ruhm bekleckert ... Ansonsten war ich aber ein ganz guter König. Und ein Philosoph: ›Eine Krone ist auch nur ein Hut, in den es reinregnet.‹ Das hab ich gesagt. Guter Satz, was?«

Finn nickt und stellt sich vor, wie es beim Alten Fritz immer oben in die Krone reingeregnet hat, bis er eine Pfütze auf dem Kopf hatte.

Udo schaut Finn und Jola zufrieden an. »So, jetzt habt

ihr beim Autostopp sogar noch was gelernt. Über den Alten Fritz und was das für einer war.«

Er schaut auf das Navi im Armaturenbrett. »Gleich sind wir in Löwenberg. Von da fährt der Regionalexpress zurück nach Berlin. Habt ihr denn Geld für Tickets?«

Finn schüttelt den Kopf. »Nicht mehr … leider …«

Udo zieht einen 20-Euro-Schein aus seinem Königsmantel und hält ihn Finn hin.

»Hier. Das müsste reichen.«

»Danke«, sagt Finn. Er kann kaum glauben, dass alles auf einmal so einfach ist. Sie werden endlich in Berlin ankommen!

Udo gibt Gas, um noch schnell einen vor ihnen fahrenden Lastwagen zu überholen. Da schreit Jola plötzlich:

»Halt!«

Udo tritt vor Schreck so heftig auf die Bremse, dass sie alle drei nach vorne geschleudert werden.

»Himmel, hast du mich erschreckt!«, schnauft er. »Was ist denn los?«

»Da!« Jola zeigt auf den Lastwagen vor ihnen.

Und jetzt versteht Finn, warum sie ›Halt‹ gerufen hat.

Auf der Rückseite steht in roten Lettern: *Wir haben den Durchblick – Hackmack Fensterbau GmbH.*

13.

Wieder Heckmeck mit Hackmack

»Hackmack« – genau wie auf dem T-Shirt des Mannes aus dem Zug! Finn schaut Jola an, beide haben den gleichen Gedanken: Vielleicht führt der Lastwagen sie zu dem Dieb!

Aber bevor sie das Udo alles erklären können, bremst der Lastwagen vor ihnen, blinkt und biegt in eine Einfahrt.

»Udo, wir müssen sofort hier halten«, sagt Finn. »Ganz dringend!«

»Ihr macht mich ganz wuschig«, sagt Udo und hält vor der Einfahrt an. »Was habt ihr denn mit diesem Lastwagen?«

Finn und Jola schauen in die Einfahrt. Sie führt zu einem Gewerbehof, auf dem der Lastwagen nun stoppt. Der Fahrer steigt aus und verschwindet in einem flachen Gebäude. So viel ist sicher: Der Fahrer ist nicht der Dieb. Das kann Finn aus der Ferne zweifelsfrei erkennen.

»Könnt ihr mir endlich mal sagen, was los ist«, sagt Udo leicht genervt.

Jola löst den Sicherheitsgurt und öffnet die Beifahrertür.

»Gleich. Erst mal müssen wir da was klären.«

Udo schaut kopfschüttelnd auf die Uhr.

»Moment mal. Ich hab das Gefühl, *ich* muss hier erst mal was klären: Ich bin nicht euer Chauffeur. Ich hab gesagt, dass ich euch zum Bahnhof fahre. Und der ist da vorne.«

Finn nickt eilig. »Wir gehen da auch gleich hin«, sagt er, »und nehmen den nächsten Zug nach Berlin. Aber vorher müssen wir hier noch mal rein ...« Er schaut Udo an. »Es ist wirklich wichtig.«

Udo schüttelt skeptisch den Kopf.

»Ich kann euch doch hier nicht einfach allein lassen.« Er schaut wieder auf die Uhr.

»Doch, das kannst du«, sagt Jola entschieden. »Du bist schließlich ein König.«

»Das ist jetzt aber eine gewagte Behauptung, junge Dame.« Udo wiegt bedenklich den Kopf hin und her. »Versprecht mir, dass ihr keinen Quatsch macht, Kinder.«

»Ehrenwort, Eure Majestät«, sagt Jola und macht einen kleinen Knicks.

»Also gut«, sagt Udo seufzend. »Und wenn ihr mal wieder einen König braucht, könnt ihr mich jederzeit anrufen.«

Er zieht einen Flyer aus seiner Manteltasche. Darauf ist ein Foto, das Udo in königlicher Pose vor dem Brandenburger Tor zeigt. Darunter eine Adresse und Telefonnummer.

»Machen wir«, sagt Finn. »Und danke für alles!«

Jola schließt die Tür und Udo fährt los. Er ist wirklich ein guter König, denkt Finn. Sie winken ihm nach, bis der Elefantenrollschuh immer kleiner wird und hinter der nächsten Ecke verschwindet. Dann gehen sie auf das flache Gebäude zu.

Sie öffnen die Tür und stehen mitten in einer Werkstatt. Maschinen lärmen, es riecht nach Holz, Leim und Lack. Auf einem Metallgestell stehen große Fensterrahmen, in denen aber kein Glas drin ist. Eine Frau in einer grünen Latzhose kurbelt an einem Gerät, das aussieht wie ein schräg gestellter Tisch.

Jola ruft laut: »Hallo!«

Aber die Frau reagiert nicht. Sie hat rote Ohrschützer auf und dazu blau gefärbte Haare, was farblich ziemlich gut aussieht, die Verständigung aber nicht einfacher macht.

Finn und Jola schauen sich an.

»HALLOHO!«, ruft Finn noch mal laut.

Keine Reaktion.

Schließlich geht Jola zu der Frau und tippt sie an.

Die Frau dreht sich erstaunt um, streift die Ohrschützer ab und schaltet die Maschine aus.

»'tschuldigung«, sagt Jola, »aber wir hätten mal 'ne Frage.«

Die Frau, deren linker Arm bunt tätowiert ist, guckt die beiden an.

»Und die wäre?«

»Wir suchen einen Mann«, erklärt Finn. »Er hat ein T-Shirt an, auf dem Hackmack steht. Und er hat so Löcher in den Ohren.«

Finn fasst an sein Ohrläppchen.

»So 'ne Fleischtunnel?« Die Frau nickt und fasst sich ebenfalls an ihr Ohrläppchen. »Dann meint ihr bestimmt Heiko!«

»Äh, wir wissen leider nicht, wie er heißt«, sagt Finn.

»Aber wenn der Heiko solche Tunnel hat, dann ist er bestimmt der, den wir suchen«, ergänzt Jola.

Die Frau zieht die Augenbrauen zusammen.

»Was wollt ihr denn von dem?«

Finn überlegt noch, was er antworten soll, da quatscht Jola schon wieder drauflos:

»Wir sollen ihm nur was ausrichten von 'nem alten Kumpel ... Dennis, der wohnt nämlich bei uns um die Ecke und der war früher mal der Nachbar von Heiko und da hatten die auch einen Tunnel, aber keinen aus Fleisch, sondern einen in der Erde zwischen ihren Häusern, damit sie sich immer besuchen können, weil sie so gute Kumpels sind. Und deswegen hat Dennis gesagt, wenn ihr mal in ... in Dingens seid, dann sagt Heiko doch mal Hallo.«

Das Gesicht der Frau hat sich während Jolas Rede immer mehr verfinstert. Aber Jola, die von ihrer erfundenen Geschichte selbst ganz begeistert ist, lächelt sie unverdrossen an und sagt noch mal bekräftigend:

»Also Heiko mit den Fleischtunneln.«

Die Frau nickt nur grimmig.

»Wenn ihr ihm ›Hallo‹ sagt, könnt ihr ihm auch gleich noch 'n ›Hallo!‹ von Janine ausrichten. So heiß ich nämlich. Und dass er seinen Arsch mal ganz schnell hier herbewegen und mir den Fuffi zurückgeben soll, den er mir noch schuldet.«

Jola nickt. »Na klar, Janine. Fuffi. Richten wir aus. Kein Problem.«

Finn schaut sich suchend um. »Aber wo«, fragt er, »ist der jetzt, der Heiko? Arbeitet der auch hier?«

Janine schüttelt den Kopf. »Nee, nicht mehr«, sagt sie. »Hat angeblich 'ne Holzstaub-Allergie – ich würd eher sagen: 'ne Arbeitsallergie.« Sie schaut auf die Uhr. »Wahrscheinlich hängt er grad bei Ronny ab.«

»Äh, und wer ist Ronny?«, fragt Finn.

»Ronny macht die Kneipe«, sagt die Frau. »Zweihundert Meter die Straße runter. Ist nicht zu übersehen.«

14.

Ronny's Biertreff und der Jugendschutz

Die Kneipe ist in einem grauen Haus am Ende der Dorfstraße. Auf dem Ziegeldach wächst Moos. Der Putz blättert. Über dem Eingang hängt ein Schild mit der Aufschrift *Ronny's Biertreff*. – Ronny's mit Apostroph. Wie dumm! Wenn sein Handy nicht weg wär, würde Finn für Mukhtar ein Foto von dem Schild machen. Weil Mukhtar es da immer ganz genau nimmt mit dem falschen Genitiv. Er besteht darauf, dass man ›Ronnys Biertreff‹ schreiben muss. Ohne Apostroph. Mukhtar korrigiert immer alle, wenn sie falsches Deutsch sprechen oder schreiben. Er sagt, dass er es schließlich auch richtig gelernt hat, obwohl Deutsch nicht mal seine Muttersprache ist. Da ist Mukhtar streng. Strenger sogar als Frau Henschke-Pohl. Bei der darf man einen Fehler im Diktat machen – und bekommt immer noch eine Eins.

Auf dem sandigen Platz vor *Ronny's Biertreff* stehen ein paar Autos und eine Reihe Motorräder. Hinter den Fenstern brennt Licht, obwohl es draußen hell ist. Finn und Jola recken die Köpfe über die verdorrten Geranien in den Blumenkästen und schauen ins Innere der Kneipe. Hinter dem Tresen steht der Wirt und trocknet Gläser. Zwei Tische sind besetzt. An einem schaut ein verhutzelter alter Mann in sein halb volles Bierglas. Am anderen sitzt eine Gruppe von Männern. Sie tragen schwarze Lederjacken und -westen. Ihre Köpfe sind kahl geschoren, einige haben lange Bärte, die Arme und Hände sind voller Tattoos.

»Das sind die Rocker!«, flüstert Jola. »Deswegen stehen hier auch so viele Motorräder.«

Finn linst zwischen den vergilbten Gardinen durch. Von Heiko keine Spur. Er will sich schon enttäuscht abwenden, da entdeckt Jola etwas:

»Ist das deiner?«

Finn stellt sich auf die Zehenspitzen. Und nun sieht er ihn auch: seinen Rucksack! Mit dem Krokodilanhänger am Reißverschluss. Ganz eindeutig! Er hängt über der Lehne eines leeren Stuhls am Tisch der Rocker.

»Wieso haben die meinen Rucksack?«, fragt Finn verwundert.

In dem Moment kommt ein weiterer Mann aus dem hinteren Teil des Raums und zieht im Gehen seinen Hosenladen zu. Finn erkennt ihn sofort: Hackmack – Heiko mit den Fleischtunneln! Er war wohl gerade auf dem Klo. Er lässt sich auf den leeren Stuhl am Tisch der Rocker plumpsen.

»Das ist er!«, wispert Finn aufgeregt. »Der Mann aus dem Zug!«

Jola zieht sich am Fenstersims noch etwas höher, um besser sehen zu können. »So ein Sackgesicht!«

Finn spürt, wie sein Herz klopft. »Was machen wir jetzt?«

Für Jola ist die Sache klar.

»Wir gehen rein und holen deinen Rucksack zurück«, sagt sie.

Finn zögert. »Aber ...«

Aber Jola ist schon auf dem Weg.

Als sie die Kneipe betreten, mustert der Wirt hinter dem Tresen sie mit scharfem Blick. Jola nickt ihm kurz zu, als sei es die selbstverständlichste Sache der Welt, und marschiert schnurstracks an ihm vorbei. Finn folgt ihr unsicher. Am Tisch redet Heiko gerade auf den Rocker mit dem längsten Bart ein.

»Nee, dafür brauchst du keine Änderungsschneiderei, Präsident«, sagt er. »Dit organisier ick dir für lau. Ick hab da connections!«

»Heiko und seine connections«, sagt der Glatzkopf neben ihm grinsend.

»Jawoll!«, sagt Heiko. »Ob du's glaubst oder nicht. Meine Oma, die macht dit ... die kann nähen wie 'n Weltmeister!«

Der Bärtige, den Heiko Präsident genannt hat, klopft auf

seine Weste und sagt: »Aber wehe, wenn da 'n Loch in die Kutte kommt.«

»Nich bei Oma!«, sagt Heiko. »Die hat im Textilkombinat gelernt. Die kann dit! Und ick sach mal, wenn ick ihr das heute bring, isses morgen fertig. Und zwar: perfekt!«

Jola ist neben dem Tisch stehen geblieben, hinter ihr Finn. Sie stemmt die Hände in die Hüften, schaut Heiko an und sagt laut:

»Hey, du.«

Jetzt erst nehmen die Männer Notiz von ihr und Finn. Verwundert schauen sie die beiden an. Heiko guckt ebenfalls und Finn hat das Gefühl, dass er kurz mit den Augen zuckt, als er ihn erkennt.

Der Präsident mit dem langen Bart beugt sich zu Jola vor:

»Na, du kesse Summse«, sagt er. »Was willst du denn?«

Jola zeigt auf den Rucksack.

»Den Rucksack. Der gehört meinem Freund.« Sie deutet auf Finn. »Und der hier hat ihn geklaut.« Sie deutet auf Heiko.

Finn nickt bekräftigend.

Aber Heiko lässt sich nichts anmerken und schaut die beiden nur ahnungslos an.

»Wat wollt ihr?!«, sagt er, als hätte er nicht richtig gehört.

Jola zeigt wieder auf den Rucksack.

»Wir wollen den Rucksack«, sagt sie lauter.

Finn tritt neben Jola und sagt nun auch etwas.

»Da sind alle meine Sachen drin.«

Ein Mann mit einem Löwenkopf-Tattoo auf dem Arm mischt sich ein.

»Mensch, Heiko, beklauste jetzt schon Kinder? Ist doch sonst nich deine Art!«

Die anderen Männer am Tisch lachen. Bis der Präsident sie mit einer Handbewegung zum Schweigen bringt und sich an Heiko wendet.

»Kennste die Piepel nu oder nich?«, fragt er.

Heiko schaut Finn und Jola an und schüttelt den Kopf.

»Nie jesehen.«

Finn nimmt seinen ganzen Mut zusammen.

»Das ist gelogen«, sagt er. »Er war im Zug. Nach Berlin. Und dann hat er den Kartentrick gemacht und meinen Rucksack in die Tüte gepackt!«

Heiko überlegt einen Moment und entscheidet sich dann für ein breites Grinsen.

»Da erzählste mir aber ganz wat Neues ...«

Die Männer am Tisch lachen wieder. Heiko hebt sein Bierglas Richtung Theke.

»Ronny, wir ham schon wieder Luft im Glas. Noch 'ne Runde! Mach dit mal uff'n Deckel, o. k.?«

Der Wirt nickt, sieht dabei aber nicht begeistert aus.

Finn merkt, dass Heiko nur ablenken will.

»Und dann ist er in Gransee ausgestiegen.«

Heiko grinst feist.

»Ach, nee. In Gransee.«

Wieder Gelächter. Finn versteht nicht, was daran komisch sein soll. Heiko trinkt sein Bierglas leer und rülpst Finn ins Gesicht. Er sagt diesmal aber nicht »Maulfurz«, sondern:

»Siehste das Teil da draußen? Mit dem Punisher drauf ?«

Heiko deutet durchs Fenster auf eins der geparkten Motorräder. Es glänzt wie frisch poliert. Auf dem Tank prangt ein weißer Totenkopf.

»Das is 'ne Intruder mit 78 PS und allem Pipapo. Wär ich ja blöd, wenn ich mit dem Zug fahr!«

Heikos Nebenmann klopft ihm auf die Schulter. »Vor allem jetzt, wo Heiko endlich seinen Lappen wiederhat! Pass bloß uff, dass du nich gleich wieder inne Radarfalle bretterst!«

Finn kämpft gegen eine neue Welle aus Gelächter an. Aber er gibt nicht auf.

»Ich kann es beweisen«, sagt er und deutet auf den Rucksack. »Da sind meine Sachen drin!«

»Ganz genau!«, sagt Jola und will nach dem Rucksack greifen. Aber Heiko reißt ihn ihr sofort aus der Hand.

»Finger weg! Nix ist da drin!«

Finn schießen vor Wut die Tränen in die Augen.

»Wohl! Meine Fahrkarte und mein Handy mit dem Foto von Teps drauf!«

Der Präsident schaltet sich wieder ein.

»Nu sach schon, Heiko«, sagt er und deutet auf den Rucksack. »Wat haste denn so Geheimes in deinem Brotbeutel?«

Heiko schaut in die Runde und öffnet den Rucksack dann achselzuckend.

»Wat soll da schon sein ...«, sagt er und holt die Trainingsjacke raus, die er im Zug anhatte, »nur Klamotten.«

Der Präsident beugt sich vor und schaut Finn mit seinen kleinen Schweinsäuglein ernst an.

»Also ihr müsst da was verwechseln, Kinder. Der Heiko ist kein Dieb. Und das darf man auch nicht einfach so behaupten. Das ist dann nämlich üble Nachrede.«

Die anderen Männer am Tisch nicken ernst.

Finn wird schwindelig, er muss sich an der Tischkante festhalten. Er überlegt fieberhaft, was er tun kann – da fällt ihm die Bierdose ein. Er zieht sie schnell aus der Tasche.

»Hier!«, sagt er. »Daran können Sie sehen, dass alles stimmt ... die hat er im Zug liegen lassen ... da sind seine Fingerabdrücke drauf!«

Die Männer schauen auf die zusammengedrückte Bierdose in Finns Hand. Einen Moment herrscht Stille, dann lacht Heiko laut auf.

»Gibts ja nich! Die kleinen Schluckspechte!«, ruft er und klatscht in die Hände. »Die haben sich das reingepfiffen. Deswegen faseln die hier so ein Zeugs zusammen!«

Finn will protestieren, da kommt der Wirt mit den Getränken an den Tisch. Seine Miene ist säuerlich.

»Gehören die Lütten zu einem von euch?«

Die Männer schütteln die Köpfe. Heiko sagt:

»Nee, die sind nicht von hier.«

Der Wirt stellt sein Tablett ab. »Die können hier nicht bleiben. Die vom Amt ham mich eh schon auf'm Kieker wegen minderjährig und so ...«

Heiko nickt und grinst Finn und Jola an.

»Habta jehört? Ihr könnt hier nich bleiben!«

Der Wirt wendet sich an Finn und Jola.

»Tut mir leid. Aber ohne erwachsene Begleitung dürft ihr nich rinn. Jugendschutz. Is nun mal so.«

»Aber ...«, will Jola protestieren.

Doch der Wirt schüttelt den Kopf.

»Nix aber. Ihr geht jetzt mal ganz schnell heim zu Mutti.«

Bestimmt schiebt er sie Richtung Ausgang.

15.

Geklaut ist geklaut

Finn hockt mit angezogenen Beinen zwischen den geparkten Autos vor *Ronny's Biertreff*. Es hat angefangen zu regnen. Sein Bauch fühlt sich an, als hätte jemand einen Knoten reingemacht. Ihm ist ganz schlecht vor Ohnmacht und Wut. Dieser Heiko ist so ein fieses ... mieses ... dreckiges ... Finn sucht nach dem schlimmsten Schimpfwort. Und diesmal wäre es ihm ganz egal, ob irgendwelche Gefühle verletzt werden oder nicht.

Jola kommt und kauert sich neben ihn. Sie ist einmal um das ganze Gebäude herumgegangen, in der Hoffnung, irgendwas zu finden, was ihnen weiterhelfen könnte. Aber da ist nichts. Die Hintertür ist abgeschlossen. Ansonsten nur Mülltonnen und ein kleines Fenster, aus dem es nach Klo stinkt.

»Der lügt einfach und wir können nichts machen«, sagt Finn und merkt, wie ihm Tränen über die Wangen laufen, was bei dem Regen aber gar nicht auffällt.

»Und keiner hat uns geholfen.« Jola ballt wütend die Faust. »Erwachsene sind einfach zu blöde. Die kapieren gar nichts.«

Durch den Regen und die Tränen schaut Finn in den grauen Streifen Himmel zwischen den Autos. Er fühlt sich elend. Nass, durchgefroren und hungrig ... Sein Blick bleibt an Heikos Motorrad hängen und es kommt ihm nun besonders hässlich vor. Der doofe Totenkopf auf dem Tank, der dicke Angeber-Auspuff, die blöden Nieten an den Satteltaschen. Wie viele Kinder hat Heiko wohl beklaut, um sich das alles kaufen zu können?

Auf einmal will Finn nur noch nach Hause. Er hat die Schnauze voll. Mama soll kommen und ihn abholen. Und dabei kann sie gleich den Rucksack von Heiko zurückholen. Mama wird sich nicht abweisen lassen. Lügen kann sie nämlich überhaupt nicht leiden. Da kann sie sogar total ausrasten. So wie damals, als er Lukas von der Kletterspinne geschubst hat und es nicht gesagt hat. Aber manchmal lügt Mama selbst. So wie neulich, als sie die ganze Chips-Tüte leer gegessen und behauptet hat, dass es Teps war. Aber das spielt eigentlich keine Rolle, weil Finn jetzt hier sitzt und es regnet und er einfach nicht mehr weiterweiß.

»Ich sag dem Wirt, dass er Mama anrufen soll«, sagt Finn leise.

Jola steht auf und stapft durch die Matsche, in die sich der Parkplatz verwandelt hat, dass es nur so spritzt.

»Und ich?«, sagt sie. »Was mach ich dann?«

»Du kannst doch mitkommen«, sagt Finn. »Mama freut sich immer über Besuch – und Mukhtar auch«.

»Wie stellst du dir das vor?« Jola schüttelt den Kopf. »Wir sind abgehauen! Die Polizei sucht nach uns! Meine Eltern killen mich, wenn die mich kriegen!«

Finn überlegt: Aber was sollen sie dann tun? Sie können ja nicht ewig von zu Hause wegbleiben.

Jola tritt wütend gegen Heikos Motorrad. »Volle Kacke Pastinake!«

Da geht es los. Das Motorrad blinkt und hupt: Bähp!-Bähp!-Bähp! Ohrenbetäubend laut. Erschrocken gehen Finn und Jola in Deckung. Jolas Tritt hat die Alarmanlage ausgelöst. Das Hupen scheint immer lauter zu werden und hört gar nicht mehr auf.

Die Tür von *Ronny's Biertreff* fliegt auf und Heiko kommt herausgeschossen: »Hey!«

Finn und Jola ducken sich hinter eins der Autos. Durch den Spalt zwischen den Rädern sehen sie Heikos Füße. Sie stapfen durch die Regenpfützen zu dem hupenden Motorrad, laufen einmal drum herum und bleiben stehen. Der Alarm verstummt.

Heiko knurrt etwas, schaut sich noch einmal um und verschwindet dann wieder eilig im Biertreff.

Jola grinst Finn mit nassen Haaren an und äfft Heiko nach:

»Siehste das Teil da? Mit dem Punisher und allem Pipapo? Heiko-Paleiko, na, warte ...«

Sie will gleich wieder zu dem Motorrad, aber Finn hält sie am Ärmel fest. Er hat eine Idee.

»Das Fenster!«, sagt er.

»Was denn für 'n Fenster?«, fragt Jola.

»Das hinter dem Haus«, sagt Finn, »aus dem es nach Klo stinkt ... war das offen?«

Jola nickt und kapiert es nun auch.

»Du meinst ...«

»Ja, genau!«

Finn ist schon aufgestanden und wieselt zwischen den Autos durch. Jola folgt ihm. Sie laufen um das Gebäude herum. An der Rückseite bleiben sie stehen. Über ihnen in der grauen Wand ist ein kleines Fenster. Es steht offen und ist gerade groß genug, um durchzukriechen.

Jola schiebt eine der Mülltonnen darunter. Finn klettert darauf und kann jetzt durch das offene Viereck schauen. Ein weiß gekachelter Raum. Drei Pinkelbecken. Eine Kabine. Dazwischen eine geschlossene Tür. Dahinter sind gedämpft die Stimmen aus dem Schankraum zu hören.

»Und?«, ruft Jola ungeduldig zu Finn herauf. »Kommst du da rein?«

Finn nickt. Aber er hat dabei auch ein bisschen Schiss.

»Und wenn mich einer sieht?«, fragt er.

»Dann sagst du einfach, du musstest mal ganz dringend«, sagt Jola und grinst. »Ich pfeife, sobald du loslegen kannst.« Sie steckt die Finger in den Mund und pfeift einmal kurz zur Probe. »Okay?«

Finn nickt. Aber ihn beschäftigt noch eine andere Frage.

»Wenn wir das machen …«, sagt er, »sind wir dann auch Diebe?«

Jola überlegt kurz und nickt dann entschieden:

»Ja, aber gute Diebe. So wie Robin Hood. Oder Ocean's Eleven.«

Finn findet, dass es in Ordnung ist, ein guter Dieb zu sein. »Geklaut ist geklaut«, sagt er, »und wiederholen ist dann einfach nur zurückgestohlen.«

Jola nickt begeistert.

»Zurückgestohlen! Ganz genau!«

»Also gut«, sagt Finn und zieht sich einmal probeweise am Fensterbrett hoch, um sich warm zu machen.

»Warte auf mein Zeichen!«, sagt Jola und läuft zurück auf den Parkplatz vor dem Biertreff. Sie schleicht zwischen den Autos durch zu Heikos Motorrad, holt tief Luft und tritt zweimal mit Schmackes dagegen. Sofort geht der Alarm wieder los. Bähp!-Bähp!-Bähp!

Finn hört das Hupen hinter dem Haus und spannt die Muskeln an.

Jola nimmt sich das nächste Motorrad vor und tritt dagegen. Nichts passiert, sie rüttelt am Lenker: Juiihjuih! Diesmal klingt der Alarm wie eine Sirene. Sie wackelt am nächsten: Böhp!-Böhp!-Böhp! Es ist ein richtiges Konzert: Bähp! Böhp! Juiihjuih!, schallen die Alarmanlagen über den Parkplatz.

Hinter den Fenstern von *Ronny's Biertreff* bewegt sich was. Die Männer sind von den Tischen aufgesprungen und schauen zwischen den Gardinen nach draußen. Wieder fliegt die Eingangstür auf. Und wieder schießt Heiko wütend heraus, hinter ihm die anderen Männer und der Wirt.

»Dit sind bestimmt die kleenen Racker!«, schreit Heiko schrill und rennt zu seinem Motorrad.

Jola, die sich hinter einem Busch versteckt hat, steckt die Finger in den Mund und pfeift laut.

Finn stößt sich von der Mülltonne ab und zieht sich am Fensterrahmen hoch. Wie eine Schlange kriecht er durch die Öffnung und kugelt in der Toilette auf den Boden. Er steht schnell auf, läuft zur Tür und öffnet sie. Durch den Spalt schaut er in den Schankraum. Der alte Mann sitzt alleine an seinem Tisch. Finns Rucksack hängt immer noch an der Lehne von Heikos Stuhl. Finn nimmt seinen ganzen Mut zusammen, schiebt sich leise durch die Tür und schleicht wie Teps, wenn sie einen Vogel auf dem Balkon sieht, auf seinen Rucksack zu.

Draußen duckt sich Jola tiefer hinter den Busch. Die

Männer stehen um ihre Motorräder herum und knipsen die Alarmanlagen wieder aus. Der Präsident redet mit Heiko, der sich mit zusammengekniffenen Augen umschaut.

»Die hocken bestimmt irgendwo in den Büschen«, sagt Heiko. »Aus denen mach ick Hackepeter! Die verklopp ick, bis ihnen die Scheiße aus den Ohren kommt ...«

Der Präsident winkt ab. »Lohnt nicht, sind ja nur Kinder.«

Er wendet sich wieder Richtung Eingang und gibt seinen Männern ein Zeichen. »Bier wird warm.«

Die anderen nicken und folgen ihm zurück in die Kneipe.

Jola hebt hinter dem Gebüsch den Kopf. Sobald die Männer im Haus sind, pfeift sie erneut, so laut sie kann. Heiko, der den Pfiff auch gehört hat, dreht sich noch einmal in der Tür um und schaut misstrauisch.

Drinnen hat Finn den Pfiff nicht gehört, weil er hoch konzentriert auf allen vieren durch den Gastraum pirscht. Er hat den Tisch erreicht, der Rucksack ist zum Greifen nah. Da hört er eine Stimme:

»Junge, wat schleichste denn hier rum?«

Finn erstarrt. Vorsichtig schaut er nach oben und sieht über der Tischkante das knittrige Gesicht des alten Mannes, der durch die dicken Gläser seiner Brille auf ihn herablugt.

Finn schluckt. Vom Flur her hört er die näher kommenden Stimmen der Männer. Er schaut erneut zu dem alten Mann hoch, der ihn immer noch beäugt wie einen seltenen Käfer.

»Äh, ich hol nur meinen Rucksack«, sagt Finn.

Der alte Mann nickt.

»Vastehe«, sagt er und grinst dann breit, sodass Finn tief in seinen zahnlosen Mund gucken kann. »Na, dann mach lieber ma hinne und vadufte janz schnell!«

Das lässt Finn sich nicht zweimal sagen. Er schnappt sich den Rucksack und dann verduftet er. Das heißt, er rennt zurück zur Toilette, jagt durch die Tür, wirft den Rucksack durchs Fenster und klettert hinterher ins Freie, wo Jola schon wartet und nervös von einem Bein aufs andere tritt.

»Na, endlich!«, sagt sie erleichtert. »Ich dachte schon, die haben dich erwischt!«

Finn springt schnell von der Mülltonne. »Nee«, keucht er außer Atem, »aber es war knapp.«

Jola hält den Rucksack hoch wie einen Pokal, führt damit ein kleines Tänzchen auf und singt: »Heiko-Paleiko, oh, was für 'n Schreck, der Rucksack ist weg.«

Finn fühlt sich nun gar nicht mehr angespannt, sondern ganz leicht und locker. »*Den* Zaubertrick kannte er bestimmt noch nicht«, prustet er.

Jola lacht und sagt: »Da fallen dem glatt die Löcher aus den Fleischtunneln!«

Bei der Vorstellung kriegt Finn sich gar nicht mehr ein vor Lachen. Carlo wird vom Stuhl fallen, wenn er ihm das alles erzählt! Finn nimmt den Rucksack auf den Rücken und dann rennen sie los. Querfeldein durch den Regen, der Finn jetzt vorkommt wie warmes, weiches Konfetti, das durch die Luft stiebt. Und alles, was gerade eben noch grau und schwer war, ist nun ganz bunt und federleicht.

16.

Der Präsident sucht seine Kutte

Nachdem sie über eine Wiese und durch ein Waldstück gelaufen sind, stoßen sie auf einen Feldweg, der schließlich auf eine Straße mündet. Finn hat Seitenstechen vom Laufen und Lachen. Er bleibt stehen und hält sich schnaufend den Bauch.

»Das reicht«, sagt er. »Hier finden sie uns nicht mehr.«

Jola hält auch an. Ihre Kleider sind durchnässt vom Regen. Es ist dunkel geworden. Ein paar Meter vor ihnen steht ein kleines verwittertes Holzhäuschen an der Straße, der Unterstand einer Bushaltestelle. Sie setzen sich auf die Bank, um zu verschnaufen und im Trockenen zu sein.

Finn öffnet den Rucksack: Fahrkarte, Portemonnaie, sein Handy – alles noch da. Sogar die Box mit den Stullen. Finn klappt sie auf und Bärlauch-Duft strömt ihm in die Nase. Papas Spezialstullen! Jola und er machen sich heißhungrig darüber her. Und obwohl das Brot schon ein bisschen oll ist, lässt Finn sich jeden Bissen auf der Zunge zergehen wie eine

Delikatesse. Jola, die den Belag skeptisch beäugt hat, klappt die Brotscheiben wieder zusammen, beißt hinein und sagt mit vollem Mund:

»Also dafür, dass kein Fleisch drin ist, schmecken sie nicht übel.«

Finn schaut auf sein Handy. Auf dem Display steht: 26 Anrufe in Abwesenheit! Alle von Mama und von Papa. Er muss sofort anrufen und Mama sagen, dass er mit dem nächsten Zug nach Berlin kommt. Er wählt die Nummer. Es tutet zweimal, dann hebt Mama ab.

»Finn!«

Ihre Stimme ist ganz aufgeregt und so laut, dass sie aus dem Handy scheppert.

»Mama!«, ruft Finn.

»Mein Gott! Endlich meldest du dich. Wo bist du?!«

»Äh ... ich glaub, irgendwo bei Löwenberg ... oder so ...«

Finn schaut zu Jola, die bestätigend nickt.

»Ist alles okay? Gehts dir gut?«, fragt Mama. »Volki und ich haben uns wahnsinnige Sorgen gemacht!« Volki, das ist Papa. Er heißt eigentlich Volker, aber Mama sagt immer Volki zu ihm.

»Ja, alles okay«, sagt Finn. »Es war nur so, dass mein Rucksack mit der Fahrkarte ...«

Bei dem Wort ›Fahrkarte‹ explodiert Mama sofort:

»Dieser unmögliche Schaffner!«, sagt sie. »Den werd ich

verklagen! Ein Kind aus dem Zug werfen?! Warum hast du nicht gewartet? Wir hätten dich doch abgeholt! Die Polizei hat gesagt, dass du weggelaufen bist ... mit einem anderen Kind!?«

»Wir wollten eigentlich gleich nach Berlin fahren«, sagt Finn schnell. »Aber dann ist so viel passiert ... aber jetzt nehmen wir den nächsten Zug.«

Das Telefon beginnt zu piepsen.

»Wieso Zug? Du hast doch gar kein Ticket!«, sagt Mama. »Sag mir lieber, wo ihr genau seid, dann holen wir euch ab.«

Das Piepsen hört nicht auf.

»Ich glaub, der Akku ist gleich leer ...«, sagt Finn. »Wir haben Geld und sind schon fast am Bahnhof.«

»An welchem Bahnhof denn?«, fragt Mama. »Und wann und wo kommt ihr in Berlin an? Am Hauptbahnhof?«

»Äh ... ja ...«, sagt Finn und bevor er weiterreden kann, macht das Handy ein letztes Mal Piep und geht aus. ›Akku laden‹, blinkt auf dem Display.

»Mist«, sagt Finn.

»Immerhin weiß deine Mutter jetzt, dass alles okay ist und dass du kommst«, sagt Jola.

Sie schauen in das Dunkel. Der Regen hat aufgehört.

Jola steht auf und sucht in dem Wartehäuschen nach einem Fahrplan. Aber da, wo er sein sollte, hängt nur noch ein verschmurgeltes Stück Plastikrahmen.

»Sieht nicht aus, als würde hier noch 'n Bus fahren«, sagt sie.

»Besser, wir laufen zum Bahnhof«, schlägt Finn vor.

Er nimmt den Rucksack und will die Sachen wieder einpacken, da bemerkt er, dass ganz unten noch etwas drin ist. Er greift hinein und zieht ein schwarzes Bündel heraus.

»Wo kommt das denn her?«, fragt Finn verwundert und faltet das Bündel auseinander. Es ist eine Lederweste, wie die Rocker sie anhatten. Darauf liegt ein kleines loses Stück Stoff. Finn nimmt es und schaut es an. Es sieht ein bisschen aus wie das Seepferdchen-Abzeichen, das Mama auf Finns Badehose genäht hat, nachdem er den Schwimmkurs gemacht hatte. Nur dass hier kein Seepferdchen drauf ist, sondern nur ein Wort.

«Prä-si-dent«, liest Finn.

Jola deutet auf die Weste.

»Das ist die Weste von dem Präsidenten«, sagt sie.

»Aber wieso ist die in meinem Rucksack?«, wundert sich Finn und schaut auf die vielen anderen Aufnäher, die schon an der Weste sind: ›Herbi‹ steht da drauf. ›Loud and Proud‹ und ›100 Jahre Harley-Davidson‹. Finn hebt die Weste hoch. Auf der Rückseite ist ein Löwenkopf. Darunter steht in orangeroten Zickzack-Buchstaben: ›MC Fire Lions‹.

Jola tippt auf den Löwenkopf.

»Den hatten die anderen auch auf ihren Jacken. Das ist das

Erkennungszeichen von ihrer Bande. Und der Präsident ist ihr Chef.« Sie hält das kleine Stoffstück an die Weste. »Heiko hat doch gesagt, dass seine Oma das da drannähen kann.«

Finn überlegt. »Dann hat er die Weste deswegen hier reingepackt. Um sie seiner Oma zu bringen? Was machen wir jetzt damit?«

Jola zuckt mit den Achseln.

»Einfach behalten?«, sagt sie. »Oder hier liegen lassen? Wir können sie auch in die nächste Altkleidertonne schmeißen.«

Bevor sie weiter überlegen können, werden sie durch das bullernde Geräusch von sich nähernden Motoren aufgeschreckt. Am Ende der Straße leuchten Scheinwerfer auf, tasten wie Lichtfinger durch die Nacht. Es ist das Geschwader aus Motorrädern, das donnernd auf sie zu kommt. Finn denkt an die Weste und ahnt nichts Gutes.

»Ach, du Scheiße ...«, flüstert Jola.

Finn schnappt seinen Rucksack.

Sie rennen um das Häuschen herum, zurück in den Wald. Während sie sich einen Weg durchs Unterholz bahnen, hören sie hinter sich eine Männerstimme: »Die sind hier rein!« Die Motoren gehen aus. Finn und Jola rennen weiter. Hinter ihnen haben die Männer ihre Maschinen abgestellt. Ihre Stimmen hallen durch den Wald: »Hier lang!« – »Ich glaub, ich seh sie da vorne!« – »Hinterher!« Taschenlampen leuchten auf. Ihre Strahlen tanzen zwischen den Baumstämmen durch die Dunkelheit, saugen sich an Finn und Jola fest und halten sie in ihren Lichtkreisen gefangen.

»Bleibt stehen!«, ruft eine andere Männerstimme.

Aber Finn und Jola denken nicht daran, stehen zu bleiben. Sie rennen weiter durch den Wald. Sie stolpern über Wurzeln und Äste. Zweige peitschen ihnen ins Gesicht. Und obwohl sie so schnell laufen, wie sie nur können, kommen die Männer immer näher. Viel Zeit bleibt nicht mehr, bis sie sie eingeholt haben werden. Jola bleibt stehen, packt Finn am Arm und hält ihn fest.

»Da hoch!«, sagt sie außer Atem und deutet auf eine dunkle Eiche zwischen den weiß gefleckten Birken. Ein Ast ist so gewachsen, dass sie ihn fast erreichen können.

»Räuberleiter!«

Jola verschränkt ihre Hände, sodass Finn draufsteigen kann und den Ast zu fassen bekommt. Er zieht sich hoch, hangelt sich auf den Ast und umklammert ihn fest. Dann streckt er schnell den freien Arm aus, um Jola zu sich hochzuziehen. Von dort klettern sie hintereinander hinauf in die Baumkrone, so hoch es geht, bis die Äste zu dünn werden, um weiterzuklettern …

Unten sind die Rocker angekommen und haben sich um den Baumstamm versammelt. Sie leuchten mit ihren Taschenlampen nach oben. Der Präsident ruft:

»Hier kommt ihr nicht mehr weg!«

Einer der anderen Männer versucht, sich an dem Ast hochzuhangeln, rutscht aber ab.

»Wir könnten hier unten ein Feuerchen machen und ihnen ein bisschen einheizen …«, schlägt ein anderer vor.

»Spitzen-Idee«, sagt ein dritter, »und dabei fackeln wir dann gleich den ganzen Wald ab.«

Dann hören Finn und Jola Heikos Stimme.

»Lasst mich das machen!«, kräht er. »Ick kletter da ruff und schubs die runter!«

Aber der Präsident weist ihn zurecht.

»Du solltest dich jetzt lieber mal zurückhalten.«

»War ja bloß 'n Vorschlag …«, lenkt Heiko schnell ein.

Finn und Jola sitzen oben in einer Astgabel. Finn hält den Rucksack umklammert und schaut besorgt in die Tiefe, wo die Männer im Kreis um den Baumstamm stehen.

Der Präsident ruft wieder nach oben:

»Habt ihr den Rucksack?«

»Ja, aber er gehört uns!«, ruft Jola zurück.

»Die lügt!«, schreit Heiko und streckt die geballte Faust in die Luft. »Ick komm gleich hoch und brems dir eine!«

»Schnauze!«, sagt der Präsident.

Er legt den Kopf in den Nacken und ruft:

»Okay, der Rucksack gehört euch. Aber da ist was drin, das ist wichtig und gehört mir.«

»Du meinst bestimmt das hier!«, antwortet Jola und wedelt mit der Weste durch die Luft. »Schicker Fummel!«

Der Strahl der Taschenlampen fällt auf die Weste. Heiko schreit wieder los:

»Dit ist keen Fummel. Dit ist die Kutte vom Präsident des MC Fire Lions!«

Der Präsident nickt.

»Ja«, ruft er. »Mehr will ich nicht: Wirf runter und gut ist.«

»Versprochen?«, fragt Finn.

Der Präsident nickt.

»Ihr habt mein Ehrenwort.«

Finn guckt Jola fragend an, aber statt die Kutte runterzuwerfen, hängt sie sie an einen Ast.

»Du kriegst deine Kutte erst, wenn der sich entschuldigt.«

Sie zeigt auf Heiko.

Heiko schnaubt entrüstet.

»Ick glaub, es hakt!«

Aber der Präsident nickt.

»Los, entschuldige dich«, sagt er zu Heiko.

Heiko glotzt den Präsidenten verdattert an.

»Aber … hey, ick hab doch …?!«

Der Präsident packt ihn ungeduldig am Nacken und zischt:

»Nu mach schon!«

Heiko schaut trotzig auf seine Fußspitzen, schnaubt ein paarmal und presst schließlich ein vernuscheltes »Schulligung« zwischen den Zähnen raus.

Der Präsident ruft nach oben.

»Okay, er hat sich entschuldigt. Werft jetzt die Kutte runter!«

»Wie?«, ruft Jola. »Wir haben nichts gehört.«

»Ja«, ruft Finn. »Das war viel zu leise. Noch mal lauter!«

»Und er soll versprechen, dass er nie mehr was klaut«, fügt Jola hinzu. »Vor allem nicht von Kindern!«

Finn fällt noch etwas ein. »Und dass er Janine die 50 Euro zurückgibt!«

»Ick mach mich hier doch nicht zum Horst!«, protestiert Heiko, dessen Stimme nun ganz schrill klingt.

Aber Jola ist jetzt richtig in Fahrt:

»Er soll schwören! Beim Leben seiner Oma! Und sich dabei hinknien ... so ... und beide Hände zeigen, damit er nicht heimlich die Finger kreuzt ...«

Sie lässt den Baumstamm los, um zu zeigen, wie Heiko es machen soll. –

Und in diesem Moment geschieht es: Der Ast, auf dem sie sitzt, gibt nach. Er bricht mit einem lauten Knacks und klappt nach unten weg. Jola entfährt ein Schrei, sie verliert den Halt, rudert mit den Armen, greift ins Leere und rauscht vor Finns entsetzten Augen in die Tiefe. Zwischen den raschelnden Zweigen und Blättern hindurch fällt sie ... tiefer und tiefer ... und landet schließlich mit einem dumpfen Geräusch zwischen den Männern auf dem Waldboden.

17.

Feuerlöwen

Oben im Baum ist Finn starr vor Schreck.

Jola?! – Ist sie tot?! Verletzt?! Er spürt, wie sein Herz mit voller Wucht gegen seinen Brustkorb hämmert. Er kann kaum atmen: Das darf nicht sein! Nein! Nein! Nein!

Den Männern unten hat es ebenfalls die Sprache verschlagen. Mit offenen Mündern glotzen sie auf das Mädchen in ihrer Mitte. Jola rührt sich nicht.

Finn versucht einen klaren Gedanken zu fassen: Was jetzt? Er muss etwas tun! Er muss Jola helfen! Er muss zu ihr runter! Aber er ist ganz schwach. Seine Arme fühlen sich an wie Gummi. Seine Knie zittern.

Die Kutte, die immer noch an dem Ast hängt, baumelt sanft im Wind hin und her. Alles wegen diesem blöden Ding! Hätte Heiko die Kutte nicht in den Rucksack gesteckt, säßen sie jetzt längst im Zug nach Berlin und alles wäre gut. Aber jetzt liegt Jola da unten und ist vielleicht tot. Finn spürt, wie es ihm bei dem Gedanken die Kehle zuschnürt.

Bitte, Jola, sei nicht tot! Warum bewegst du dich denn nicht?

Es fühlt sich an, als seien Stunden vergangen, dabei sind es nur Sekunden. Finn tastet vorsichtig nach dem nächsten Ast. Er muss so schnell wie möglich zu Jola runter und ihr endlich helfen. Er streckt sein Bein nach dem nächsten Ast unter ihm aus, da hört er ein Geräusch. Ein trockenes Husten. Finn kennt dieses Husten. Es ist das schönste Husten der Welt! Nur ein Mensch hustet so: Jola! Er hält sich am Stamm fest und schaut nach unten.

Dort kommt Bewegung in Jolas Körper. Sie hustet noch einmal und richtet sich dann benommen auf.

»Rummsdabumms«, sagt sie. »Das hat gescheppert.«

»Kind, hast du uns einen Schreck eingejagt!«, sagt der Präsident.

Finn fällt oben im Baum ein Stein vom Herzen: Jola lebt!

Sie rappelt sich auf, wackelt probeweise mit dem Kopf und grinst. »Alles noch dran.«

Sofort baut Heiko sich vor ihr auf.

»So«, sagt er und schaut triumphierend zu Finn hoch. »Jetze sind wir aber am Drücker. Wenn du deine kleene Freundin wiederhaben willst, dann lass besser ma ganz schnell die Kutte rüberwachsen!«

Er packt Jola am Arm und hält sie fest.

Jetzt reicht es Finn aber wirklich. Er reißt die Kutte von

dem Ast und packt den Rucksack. Entschlossen klettert er den Baum herunter und dabei finden seine Hände und Füße auf einmal wie von selbst Halt. Seine ganzen Ängste sind verflogen. Er hat eine Mordswut im Bauch ... Wut auf Heiko, der ihn beklaut hat und trotzdem schon wieder sein Maul aufreißt ... Wut, auf den Schaffner, der ihn einfach aus dem Zug geworfen hat ... Wut auf die Polizisten, die ihm nicht geholfen haben ... Wut auf den Präsidenten und seine Rocker, die sie nachts durch den Wald jagen ... Wut auf die ganzen Erwachsenen, die immer alles bestimmen wollen – und doch nur bescheuerte Sachen machen!

Finn hat den untersten Ast erreicht. Er schwingt daran wie an einer Reckstange und lässt los, sodass er neben Jola im Kreis der Männer landet. Heiko will gleich nach dem Rucksack schnappen, aber Finn faucht ihn an:

»Lass Jola sofort los!«

Heiko stemmt die Arme in die Seiten und macht dicke Backen.

»Hey, Kleener, ick glaub, du hast hier grad gar nix zu melden ...«

Aber Finn lässt sich nicht beirren.

»Oh, doch!«, sagt er und schaut wütend in die Runde der Männer. »Eure blöde Kutte interessiert uns nämlich überhaupt nicht! Dass die im Rucksack war, wussten wir gar nicht.« Er wendet sich an Heiko. »Aber der Rucksack gehört mir. Und nur weil du ihn mir geklaut hast, sind wir überhaupt hier!«

Die Rocker schauen sich mit hochgezogenen Augenbrauen an. Heiko will etwas sagen, aber der Präsident hebt die Hand.

»Lass mal das Mädel los.«

Heiko lässt Jola unwillig los. Die stellt sich neben Finn und nickt. »Sonst wären wir nämlich längst in der Tzitti.«

»In der City?«, fragt der Präsident.

»In Berlin«, sagt Finn.

»Aha«, sagt der Präsident. »Und wo sind eure Eltern?«

»Ja, eben in Berlin«, sagt Finn. »Also meine Mutter ...«

»Das heißt, ihr seid ohne eure Eltern unterwegs?« Der Präsident kratzt sich den rasierten Nacken, was ein knisterndes Geräusch macht, und mustert Finn und Jola nachdenklich. »Ich mein, ihr seht noch 'n bisschen zu jung aus, um hier nachts allein durch die Gegend zu ziehen ...«

»Eigentlich wollte ich ja auch mit dem Zug fahren«, sagt Finn. »Aber weil der da ...«, er deutet auf Heiko, »mir meinen Rucksack mit der Fahrkarte geklaut hat, hat der Schaffner mich rausgeworfen und dann hat die Polizei einen Unfall gebaut und wir sind alleine weiter.«

»Verstehe.« Der Präsident nickt und lächelt. »Vielleicht können wir ja ein Geschäft machen. Ihr gebt mir meine Kutte zurück. Und dafür fahren wir euch in die ›Tzitti‹.«

»Na ja«, sagt Finn zögernd. Aber Jola ist sofort Feuer und Flamme.

»Ja, mit dem Motorrad!«

Die anderen Männer schauen sich grinsend an. Nur Heiko guckt völlig verständnislos.

»Aber ...«, fängt er an.

Doch da hat der Präsident ihn schon unterbrochen. »Nix aber. Du hältst jetzt einfach mal die Schnauze.«

Heiko guckt beleidigt. Finn hat inzwischen schon die Kutte aus dem Rucksack geholt und Jola überreicht sie nun feierlich dem Präsidenten. Der nimmt sie und nickt zufrieden.

»Ihr wisst ja gar nicht, wie heilig die Kutte für einen Rocker ist. In manchen Clubs gibts schon Krieg, wenn jemand anders die nur anfasst.«

»Oha«, sagt Jola und wischt schnell ihre Hände an der Hose ab, »da haben wir ja voll Glück gehabt.«

Der Präsident nickt grinsend und wendet sich an den Mann mit dem Löwenkopf-Tattoo.

»Ecki, du und ich, wir nehmen die beiden hintendrauf. Alle anderen fahren Eskorte.«

»Und was mach icke?«, fragt Heiko, der die ganze Zeit wie bestellt und nicht abgeholt danebenstand.

»Du bleibst hier«, sagt der Präsident, »und machst dir mal 'n paar Gedanken.«

Neben dem Wartehäuschen stehen die geparkten Motorräder. Der Präsident und Ecki führen Finn und Jola zu ihren Maschinen. Sie holen zwei Helme und Nierengurte aus den Satteltaschen.

»Stolpermütze und Stützkorsett, bitte mal anziehen …« Der Präsident setzt Jola den Helm auf und zieht mit seinen großen Händen vorsichtig den Riemen unter ihrem Kinn fest.

Ecki schnallt Finn den Gurt um die Taille. »Damit's hinten schön warm bleibt und ihr euch nicht die Rüsselpest holt.«

Der Präsident und Ecki setzen sich auf die Motorräder und helfen Finn und Jola, hinter ihnen draufzuklettern.

»Am allerwichtigsten ist, dass ihr euch gut festhaltet. Wie ein Äffchen an seiner Mutter.«

Jola legt die Arme um den Bauch des Präsidenten, Finn seine um den von Ecki.

»Genau so. Und wenn euch schlecht wird oder sonst was ist, dann gebt ihr mit der rechten Hand ein Zeichen. So.«

Der Präsident wedelt mit der rechten Hand. Finn und Jola nicken.

»Und sonst immer schön locker bleiben, vor allem in den Kurven. Verstanden?«

Finn und Jola nicken erneut.

»Gut, dann los!«

Der Präsident startet die Maschine. Das Bullern des Motors dröhnt durch die Nacht. Die anderen Motoren verstärken es zu einem vielstimmigen Donnern. Der Präsident und Ecki legen den Gang ein, lassen die Kupplung kommen und die Maschinen setzen sich in Bewegung. Finn und Jola klammern sich fest. Ein kleiner Schlenker und sie sind auf der Landstraße. Hinter ihnen folgen die anderen Rocker. Alle bis auf Heiko, der mit verschränkten Armen neben seinem Motorrad steht und auf den Totenkopf starrt.

Der Präsident und Ecki geben Gas. Sie werden schneller, der Fahrtwind zieht an den Kleidern, lässt die Hosenbeine flattern. Finn schaut nach vorne. Im Licht der Scheinwerfer fliegen die leuchtenden Striche der Fahrbahnmarkierung auf sie zu. Neben ihm grinst Jola glücklich zu ihm rüber. Ihre Wuschelhaare flattern unter dem Helm im Fahrtwind.

18.

In die Tzitti

Von der Landstraße fahren sie auf eine Bundesstraße und von der Bundesstraße auf die Autobahn. Und je größer die Straßen werden, desto voller werden sie auch. Um sie herum fahren Lastwagen und Autos, große und kleine, manche langsamer als sie, manche schneller. Sie überholen einen Transporter mit einem Anhänger, aus dem die Hinterteile von zwei Pferden rausgucken, und einen Reisebus, hinter dessen Fenstern mehrere Touristen mit offenen Mündern schlafen.

Schließlich erreichen sie den Berliner Ring und passieren den Bären, der wie immer auf seinem Steinsockel sitzt und aussieht, als würde er ihnen mit seiner Tatze winken. Und Finn weiß, dass sie nun in Berlin sind. In der Tzitti. Zu Hause.

Er spürt, dass er aufgeregt ist. So wie wenn man nach den Sommerferien wieder nach Hause kommt und sich fragt, ob alles noch so ist wie vorher. Dabei war er nicht mal zwei Tage weg. Aber die kommen ihm vor, als wären es zwei Wochen gewesen.

Am Horizont leuchtet der Fernsehturm wie eine riesige Stecknadel, die jemand mitten in das Häusermeer gepikt hat. Sie fahren über die Invalidenstraße und dann kann Finn auch schon den Hauptbahnhof sehen mit seinem Turm und den Glasröhren.

Der Präsident und Ecki kurven an der Taxischlange vorbei und halten auf dem großen Platz vor dem Bahnhofsgebäude. Finn und Jola klettern von den Motorrädern und nehmen die Helme ab.

»Das war toll«, sagt Jola. »Danke!«

»Nix zu danken«, sagt der Präsident und winkt ab. »War ja eigentlich alles Heikos Schuld. Aber der beklaut keine Kinder mehr. Dafür sorgen wir schon noch.«

Ecki nickt bekräftigend. »Das tut bluten.«

Finn tut Heiko nun fast ein bisschen leid.

»Aber nicht zu dolle.«

Der Präsident muss lächeln und wuschelt Finn durch das vom Helm plat gedrückte Haar.

»Keine Sorge, wir sind ja keine Unmenschen. Aber seine Mitgliedschaft bei uns kann er knicken.«

Jola nickt. »Auf jeden Fall bist du ein richtig guter Präsident«, sagt sie. »Besonders für einen Rocker.«

Der Präsident schluckt gerührt und setzt schnell wieder seinen Helm auf. »Das schreib ich mir gleich ins Poesiealbum«, sagt er und tippt mit der Hand an seinen Helm.

»Machts gut, ihr beiden!« Er startet seine Maschine wieder. Ecki und die anderen folgen und unter lautem Knattern fahren die Motorräder vom Platz.

Finn und Jola gehen auf das Bahnhofsgebäude zu. Vor dem großen Glasportal bleibt Jola auf einmal stehen und schaut Finn ernst an.

»Du gehst da jetzt besser alleine rein.«

Finn versteht nicht. »Aber wieso? Mama wartet da bestimmt schon auf uns.«

»Ja«, sagt Jola, »sie wartet auf *dich.*«

»Aber du kannst doch mitkommen«, sagt Finn. »Und bei uns übernachten.«

Jola schüttelt den Kopf.

»Dann muss ich alles erklären. Und deine Mutter wird sagen, dass ich meine Eltern anrufen soll.«

Finn überlegt. Da hat Jola recht.

»Ja«, sagt er. »Dann wissen sie, dass du bei uns bist, und machen sich keine Sorgen mehr. Bestimmt freuen sie sich sogar ...«

Jola bläst schnaubend Luft aus. »Meine Eltern sind da nicht so cool. Ich krieg sowieso einen Riesenärger. Dann hab ich vorher lieber noch ein bisschen Spaß.«

»Hmmm.« Finn nickt langsam. »Dann gehst du jetzt zu deiner Schwester?«

»Mal schauen«, sagt Jola achselzuckend. »Vielleicht mach

ich auch erst noch was ... Shoppen auf dem Ku'damm, ins KaDeWe gehen, ins Gruselkabinett oder zu den Skatern in den Gleisdreieckpark. Ich könnte auch ein paar Runden mit der Ringbahn fahren. Oder an die Spree, da gibts ein Schiff, voll mit Wasser, da kann man drin schwimmen!«

»Das kenn ich«, sagt Finn. »Aber jetzt ist ja schon Nacht.«

Für Jola kein Problem. »Berlin ist die Stadt, die niemals schläft!«

Finn schaut sie halb bewundernd, halb traurig an. Die Vorstellung, dass ihre Wege sich jetzt hier an dieser Stelle trennen, lässt einen dicken Kloß in seinem Hals wachsen.

»Aber ... wir ...«, sagt er und seine Stimme klingt plötzlich ganz leise, »wir bleiben doch Freunde, oder?«

Jola, die ihre Daumen in den Gürtelschlaufen ihrer Hose eingehängt hat, wippt auf ihren Zehenspitzen hin und her und nickt.

»Aber so was von! Da fällt mir ein, ich hab deine Nummer gar nicht. Gib mir mal deinen Kuli.«

»Das heißt«, sagt Finn, »wir sehen uns wieder?«

»Klar!«, sagt Jola und schreibt sich Finns Nummer auf den Unterarm. Finn steckt den Kuli umständlich wieder in seinen Rucksack.

Dann stehen sie sich schweigend gegenüber. Sie wissen nicht, was sie jetzt noch sagen sollen. Der Kloß in Finns Hals sitzt fest. Finn räuspert sich:

»Also dann …«

Jola wippt wieder auf ihren Fußspitzen. »Wenn wir Erwachsene wären«, sagt sie, »dann würden wir uns jetzt … na ja, du weißt schon … küssen und so … Aber zum Glück sind wir das ja nicht …«

Sie grinst.

»… und deswegen nehm ich dich einfach in den Schwitzkasten!«

Sie packt Finn, schlingt ihren Arm um seinen Hals und drückt ihn einmal fest.

»Hey!«, protestiert Finn und befreit sich schnell aus Jolas Klammergriff, obwohl es sich auch ein bisschen gut angefühlt hat. Sein Kopf ist ganz rot.

Jola lacht. »Ich hab auch schon 'ne Idee, was wir als Nächstes machen«, sagt sie. »Da verreisen wir richtig! In ein anderes Land. Nach Polen. Du kommst mit zu Babcia und Dziadek. Dann ist es da nicht mehr so langweilig!«

Finn nickt und der Kloß in seinem Hals rutscht jetzt in den Bauch, wo wieder dieses Kribbeln anfängt.

»Ja!«, sagt er. »Das machen wir!«

Und vor lauter Freude ist er es nun, der Jola in den Schwitzkasten nimmt, und auch das fühlt sich gut an. Und das Kribbeln im Bauch ist jetzt ganz stark. Ein bisschen wie beim Zirkeltraining, wenn Herr Ohligschläger mit seiner Trillerpfeife trillert und man drei Minuten hat, um an den

Stangen in der Turnhalle hochzuklettern bis ganz oben an die Decke. Finn hat es schon mal geschafft. Am besten geht es in kurzen Hosen und wenn man die Stange ganz fest mit den Beinen umklammert. Und da kommt dann auch dieses Kribbelgefühl, genau wie jetzt, als ihn Jolas Haare an der Nase kitzeln und er spürt, wie warm ihre Haut ist.

»Hey, fummel mich nicht an!«, kreischt Jola und gibt Finn im Scherz einen kleinen Kinnhaken. »Das reicht jetzt. Du musst jetzt nämlich da rein.« Sie deutet auf das Bahnhofsportal.

Finn greift in seine Hosentasche und zieht die zwanzig Euro von Udo heraus. »Hier«, sagt er, »du kannst die besser brauchen.«

Jola nimmt den Schein. »Danke.«

Und dann geht sie los. Das heißt, halb geht sie, halb hüpft sie zwischen den über den Platz hastenden Menschen durch, und dabei dreht sie sich immer wieder um und winkt Finn, der ihr nachsieht und auch die Hand hebt. Um zu winken. Und auch um kurz mit dem Ärmel über seine Wange zu wischen, weil es sich so anfühlt, als würde da gleich eine Träne runterlaufen.

19.

Die Sache mit den Eltern

Als Jola zwischen den Passanten verschwunden ist, atmet Finn einmal tief seufzend durch und will gerade ins Bahnhofsgebäude gehen, da hört er seinen Namen:

»Finn!«

Durch die großen Glastüren kommt ihm eine Gruppe von Erwachsenen entgegen, angeführt von einem Mann mit einer roten Mütze.

»Finn!«, hört Finn es wieder rufen und jetzt erkennt er zu seiner Verwunderung Mama, Papa und Mukhtar in der Gruppe. Sie laufen ihm aufgeregt winkend entgegen. Hinter ihnen eine Frau und ein schnauzbärtiger Mann, die Finn nicht kennt.

Der schnauzbärtige Mann winkt ebenfalls und ruft mit strenger Stimme: »Jolanta!«

Aber davon kriegt Finn erst mal gar nichts mit, weil er selbst nun auch losgelaufen ist und auf Mama und Papa zurennt, die ihre Arme ausbreiten. Einen Moment lang weiß

Finn nicht genau, wen er zuerst begrüßen soll. Dann fällt er Mama in die Arme.

»Finn!«, ruft Mama und drückt ihn so fest, dass ihm die Luft wegbleibt. Und dann ist Papa dran und hebt ihn hoch und wirbelt ihn im Kreis herum, so wie er es immer getan hat, als Finn noch kleiner war.

»Wo kommst du denn her?«, fragt er.

»Wir dachten, du bist im Zug!«, sagt Mama.

»Ist alles in Ordnung?«, fragt Papa.

»Wieso hast du nicht früher angerufen?«, fragt Mama.

»Wir haben uns wahnsinnige Sorgen gemacht!«, sagt Papa.

Die Sätze prasseln auf Finn ein. Er weiß gar nicht, wem und worauf er zuerst antworten soll. Mukhtar, der neben Mama und Papa stehen geblieben ist, klopft ihm gerührt auf die Schulter und sagt einfach nur: »Jungejunge.«

Und jetzt kommen auch noch der schnauzbärtige Mann und die Frau dazu, die vor Aufregung ganz rosige Backen hat. Und Finn staunt nicht schlecht: Denn in ihrer Mitte ist Jola.

Mama stellt die Frau und den Mann vor:

»Das sind Frau und Herr Jankowski.« Mama lächelt Jola an. »Und du bist sicher Jolanta!«

Frau Jankowski umarmt Jola und drückt ihr schmatzend einen Kuss nach dem anderen auf die Backe. »Jollchen,

Wirbelkind, wie gut, dass du wieder da bist.« Jola wird ganz rot.

Herr Jankowski streicht über seinen Schnauzbart und fixiert Finn mit strenger Miene:

»Du bist also der Strolch, dem wir das alles zu verdanken haben.«

»Äh ...«, sagt Finn, aber bevor er etwas klarstellen kann, redet Mama schon weiter.

»Die Polizei hat uns die Telefonnummer von Jolantas Eltern gegeben«, erklärt sie Finn. »Und als du angerufen hast, haben wir ihnen gleich Bescheid gesagt.«

Frau Jankowski nickt und küsst Jola erneut. »Babcia und Dziadek haben fast einen Herzanfall gekriegt, als sie das gehört haben. – Und der arme Wojciech erst!«

Jola schaut hinter dem Rücken ihrer Eltern zu Finn und verdreht die Augen: So war das alles nicht geplant.

»Dafür gibt es noch eine ordentliche Strafe.« Herr Jankowski sticht mit dem Zeigefinger vor Jolas Gesicht in die Luft. »Das ist dir schon klar, Fräulein!?«

Papa winkt ab. »Ach, Herr Jankowski«, sagt er. »Wir haben die beiden ja wieder. Und sie sind immer noch heile. Das ist das Allerwichtigste.«

Mama nickt. »Wenn einer eine Strafe verdient hat, dann dieser unmögliche Schaffner. Ein Kind einfach aus dem Zug werfen!«

An dieser Stelle ertönt ein lautes »Öch-öch«. Alle drehen sich um. Es kommt von dem Mann mit der roten Mütze. Finn hatte ihn ganz vergessen. Dabei stand er die ganze Zeit hinter ihnen.

Mama und Papa werfen ihm einen wenig freundlichen Blick zu. Der Mann macht noch einmal »Öch-öch«, tritt einen Schritt vor und hält Finn ein großes Paket hin.

»Im Namen der Bahn«, sagt er, »möchte ich dir das hier geben, junger Mann.«

Finn schaut erstaunt auf das Paket. Es ist mit einer großen roten Schleife umwickelt, die die gleiche Farbe hat wie die Mütze des Mannes.

»Öch-öch«, räuspert sich der Mann erneut. »Unser Zugbegleiter hat zwar im Rahmen der geltenden Vorschriften gehandelt. Aber dennoch möchte die Bahn sich bei dir und deinen Eltern für die, öch-öch, entstandenen Unannehmlichkeiten entschuldigen. Bitte schön.«

Finn nimmt das Paket und freut sich. »Danke.«

Mama funkelt den Bahn-Mitarbeiter wütend an und zischt:

»Wenn Sie denken, Sie können sich damit freikaufen, haben Sie sich geschnitten!«

Mukhtar nickt. »Statt immer weiter zu sparen, sollte die Bahn mal über ihren Service nachdenken!«

Papa wirft Mukhtar einen zustimmenden Blick zu.

»So, alle mal herhören.« Mama klatscht in die Hände und wendet sich an die große Runde: »Ich schlage vor, Sie kommen jetzt alle mit zu uns nach Hause!«, sagt sie. »Mein Mann – also mein Exmann – hat gekocht. Das reicht für uns alle.«

Papa nickt. »Ich dachte, nach so einer aufregenden Reise habt ihr sicher Hunger.«

Finn, der jetzt erst merkt, wie recht Papa hat, findet das eine super Idee. Er schaut freudig zu Jola, die immer noch etwas verkrampft zwischen ihren Eltern steht. Dann kann er ihr sein Zuhause zeigen und auch Teps!

Frau Jankowski nickt zögernd. »Aber nur, wenn es Ihnen keine Umstände macht ...«

»Quatsch!«, sagt Mama.

Und Papa ist schon losgelaufen zum Taxistand und spricht dort mit dem Fahrer eines besonders großen Taxis. Es ist schon fast ein Bus. Auf jeden Fall passen sie dort alle rein und fahren damit nach Hause in die Grimmstraße.

Finn kann es kaum erwarten und rennt mit Jola um die Wette die Treppen hoch in den zweiten Stock. In der Wohnung streicht Teps ihnen sofort maunzend um die Beine. Und Finn muss Jola gleich alles zeigen: sein Zimmer mit dem Hochbett, das verstimmte Klavier, auf dem er ›Yesterday‹ spielen kann, und die Reckstange im Flur, an der er 10 Klimmzüge schafft. Jola sogar 12.

Und dann essen sie alle zusammen zu Abend. Es gibt Tofu-Schnitzel mit Kartoffelpüree und Gurkensalat. Die Erwachsen duzen sich jetzt und führen die typischen Erwachsenengespräche.

»Ewa, willst du noch was von dem Tofu-Schnitzel?«

»Schmeckt ganz hervorragend, Volker. Du musst mir unbedingt das Rezept geben.«

»Und was machst du beruflich, Jacek?«

»Ich arbeite in einer Schlosserei. Tja, Geld geht nicht spazieren. Sagt man so auf Deutsch?«

»Ja, das Geld liegt nicht auf der Straße.«

»In Ghana sagen wir: Vom vielen Schlafen hat die Schlange ihre Füße verloren.«

Finn und Jola haben solchen Hunger, dass sie, ohne ein Wort zu sagen, erst mal eine große Portion verschlingen. Und danach noch mal eine. Aber danach müssen sie erzählen. Alles. Von ganz vorne und ohne ein Detail auszulassen. Finn erzählt von Heikos Zaubertrick und dem Unfall im Polizeiauto. Jola, wie sie abgehauen und mit dem Trecker gefahren sind. Sie berichten von der Begegnung mit dem Wolf, den nackten Dänen, wie sie mit dem Alten Fritz getrampt sind und schließlich wieder auf Heiko und die Rocker gestoßen sind.

Die Erwachsenen können es gar nicht fassen, was Finn und Jola in der kurzen Zeit alles erlebt haben. Mukhtar sagt: »Ein König, ein Präsident und ein echter Wolf!«

Finn nickt und Jola macht den Wolf mit tiefer Stimme nach: »Ohuhuuuuuuuuuuhuuu!« Da müssen alle lachen.

Und dann wollen alle wissen, was in dem Paket ist, das Finn von dem Bahn-Mitarbeiter bekommen hat. Finn zieht die rote Schleife auf und öffnet die Schachtel. Darin ist eine Modelleisenbahn – ein Regionalexpress mit drei Doppelstockwagen! Papa fragt, ob sie ihn nicht gleich mal ausprobieren wollen? Finn nickt und schaut Jola an, die Ausprobieren immer gut findet.

Finn und Jola stecken die Schienen zusammen. Mukhtar studiert die Anleitung. Mama holt ein Verlängerungskabel. Jacek und Ewa helfen Papa, den Tisch abzuräumen. Finn setzt die Wagen auf die Schienen, Jola dreht am Trafo – und der Zug fährt los. Schneller und schneller saust er um das Gleisoval.

Jola ruft: »Nächster Halt Oranienburg!«

Und Finn legt den Kopf auf die Hände und schaut in die Fenster des Doppelstockwagens. In seiner Vorstellung sieht er sich selbst dort oben sitzen. Das erste Mal alleine auf der Reise nach Berlin.

* * *

Kannawoniwasein! Vom Buch zum Film.

Nicht nur Finn und Jola haben am Ende von »Kannawoniwasein – manchmal muss man einfach verduften« eine aufregende Reise hinter sich, sondern auch meine Geschichte. Die Reise von der ersten Idee zum Buch und dann zum Film:

Um ein Buch zu schreiben, braucht man nur einen Stift und Papier, oder einen Computer. Dann kanns losgehen mit der Arbeit.

So war das bei »Kannawoniwasein«. 2012 habe ich angefangen, den ersten Band zu schreiben. Drei Jahre später war die Geschichte soweit, dass meine Agentin Charlotte sie dem Carlsen Verlag anbieten konnte. Dann habe ich mit meiner Lektorin Wiebke alles noch mal gründlich überarbeitet und im Mai 2018 ist das Buch dann erschienen.

Um daraus einen Film zu machen, ist viel mehr nötig als nur Stift und Papier.

Es braucht ein Drehbuch, eine Produktionsfirma, ein ganzes Filmteam, eine Menge Technik, Schauspieler*innen, Cutter*innen, Filmmusik etc. pp.

Und für all das braucht man vor allem eine Menge Geld. Für einen Kinofilm sind das meist: Mehrere Millionen Euro.

Das ist soooo viel Geld, dass es gar nicht einfach ist, es zusammenzubekommen.

Und hier tritt Klaus auf den Plan. Der ist Filmproduzent. Zusammen mit Andreas hat er eine Produktionsfirma. Und Klaus und Andreas hatten »Kannawoniwasein« 2018 gelesen und dachten sich: Das wollen wir auf der Leinwand sehen! Da machen wir einen Film draus!

Als erstes kauften sie die Filmrechte, dann schrieb Klaus (der auch Drehbuchautor ist) zusammen mit seinem Kollegen Adrian ein Drehbuch. Später kam noch Philipp als dritter Produzent und Stefan als Regisseur dazu. Gemeinsam entwickelten sie das Drehbuch weiter und gingen zu Filmförderanstalten, Fernsehsendern und Verleihfirmen, um sie für das Projekt zu gewinnen und die Millionen zusammenzubekommen

Und das hat dann wirklich geklappt. Oder wie Jola sagen würde: Schappo Klappo!

2022 hatten Klaus, Andreas und Philipp das Geld zusammen und konnten nach den passenden Schauspieler*innen suchen. Vor allem nach Miran und Lotte, die Finn und Jola spielen. Im Oktober 2022 hat Stefan (der Regisseur) dann mit den Dreharbeiten begonnen: 28 Tage lang wurde in Thüringen, Mecklenburg-Vorpommern und Hessen gedreht.

Wenn ihr den Film nun guckt und mit dem Buch vergleicht, werdet ihr merken, dass einiges anders ist. Und wahrscheinlich fragt ihr euch, warum das so ist?

Zum Beispiel, warum Finn und Jola im Buch nach Berlin fahren und im Film ans Meer?

Oder warum sie im Buch im See schwimmen im Film aber nicht?

Oder warum Frau Schaumlöffel im Buch in einem Drive-In arbeitet und im Film in einem Imbisswagen?

Ich als Buchautor habe immer gesagt: Die Filmemacher sollten bei der Umsetzung freie Hand haben. Ich finde, ein Film ist ein eigenständiges Werk, das nach anderen Gesetzen entstehen und funktionieren muss, als ein Buch. Aber natürlich war ich selbst auch neugierig, wie es zu den Änderungen kam und habe die Filmemacher gefragt. Und Klaus hat mir dann einiges erklärt.- Zum Beispiel, dass die Filmemacher Jola ein eigenes großes Ziel geben wollten, einen tollen Sehnsuchtsort – was zur Reise ans Meer führte. Andere Änderungen lagen an den Drehbedingungen: Da der Film im Herbst gedreht wurde, war es da einfach schon zu kalt für Dino-Unterhosen und einen Sprung in den See. Und weil es in der Nähe der Drehorte keinen passenden Drive-In gab, kam dann der Imbisswagen ins Spiel.

Ihr seht: Filme zu drehen, ist wesentlich komplizierter als Bücher zu schreiben. Umso mehr freue ich mich, dass es Klaus, Andreas, Philipp, Stefan, Miran, Lotte und allen anderen Beteiligten gelungen ist, den Film zu machen. Und nun hoffe ich, ihr habt bzw. hattet viel Spaß im Kino und beim Lesen des Buches!

Martin Muser, Berlin, April 2023

EINE GANZ UND GAR VERRÜCKTE WOCHE

Anna Woltz
MEINE WUNDERBAR SELTSAME WOCHE MIT TESS
Taschenbuch
176 Seiten
ISBN 978-3-551-31711-7
Auch als E-Book erhältlich

GLEICH AM ERSTEN TAG DER FERIEN lernt Samuel Tess kennen. Das Mädchen mit den Pünktchenaugen und dem verrücktesten Plan der Welt. Und für den braucht sie Samuels Hilfe. Denn Tess will ihren Vater kennenlernen, von dem sie bisher nicht mehr als den Namen weiß. Also hat sie ihn für eine Woche in ihr Ferienhaus eingeladen. Natürlich ohne ihm zu verraten, dass sie seine Tochter ist. Der Plan geht gründlich schief und am Ende fliegt alles auf, aber eines ist klar: Tess möchte ihren Vater haben und ihr Vater möchte Tess haben.

MITRÄTSELN
STRENGSTENS ERLAUBT!

Martin Muser & Tine Schulz
EIN FALL FÜR DAS TANDEM – DAS ROTE KÄNGURU
Taschenbuch
144 Seiten
ISBN 978-3-551-31812-1

ELISA KLAPP IST KRIMINALKOMMISSARIN. Anton Stuhl ist Kriminaltechniker. Gemeinsam sind sie: DAS TANDEM. Nicht nur, weil sie ein Spitzen-Team sind, sondern auch, weil ihr Dienstfahrzeug das einzige Polizei-Tandem in ganz Deutschland ist. Pfeilschnell, umweltfreundlich und technisch voll auf Zack. Gemeinsam mit ihrem Polizeispürhund Mops lösen Elisa und Anton die kniffligsten Kriminalfälle. Als aus dem Museum eine wagenradgroße australische Münze auf rätselhafte Weise verschwindet, sind die drei natürlich gleich zur Stelle.